中国青少年智慧阅读书系

不可不知的"决胜战争的智谋故事"

邓琼芳 编著

黑龙江少年儿童出版社

图书在版编目（CIP）数据

不可不知的 决胜战争的智谋故事 / 邓琼芳编著. --
哈尔滨：黑龙江少年儿童出版社, 2012.5（2023.1 重印）
（中国青少年智慧阅读书系）
ISBN 978-7-5319-3084-6

Ⅰ.①不… Ⅱ.①邓… Ⅲ.①故事–作品集–世界
Ⅳ.①I14

中国版本图书馆 CIP 数据核字（2012）第 083601 号

不可不知的 决胜战争的智谋故事 / 邓琼芳　编著

出 版 人：张　磊
策　　划：宗德凤
责任编辑：张小宁
美术编辑：梁　毅
绘　　画：冰河文化工作室
责任印制：李　妍　王　刚
出版发行：黑龙江少年儿童出版社
　　　　　（黑龙江省哈尔滨市南岗区宣庆小区 8 号楼 150090）
经　　销：全国新华书店
印　　装：北京一鑫印务有限责任公司
开　　本：720mm × 980mm　1/16
印　　张：9.5
书　　号：ISBN 978-7-5319-3084-6
版　　次：2012 年 5 月第 1 版
印　　次：2023 年 1 月第 2 次印刷
定　　价：38.00 元

静待自反而歼灭

春秋初年,郑武公娶了申侯之女武姜为妻。郑武公十四年(公元前757年),武姜生下太子寤生,寤生就是难产逆生的意思,难产让姜氏遭了大罪,姜氏心里很讨厌这个儿子。后来没过多久(公元前754年),姜氏又生一子叔段。从此,姜氏把宠爱之情全部寄托在了寤生的弟弟——叔段的身上。

姜氏曾多次在武公面前说小儿子叔段英俊贤能,公元前744年,武公病重,姜氏趁最后的机会又想立叔段为太子,但最终被武公否决了。第二年,武公病逝,寤生继承君位,就是史上的郑庄公。

虽然如意算盘落空,但姜氏毕竟有"国母之身",对庄公的态度不但没有丝毫好转,反而时时处处难为他,并为小儿子叔段争名夺利。

庄公刚即位,武姜就请求把制地(今郑州市荥阳汜水镇)封给叔段。庄公说:"那里地势险要,是关系国家安危的军事要地。父王盼咐过我,那里不能分封给任何人。除此之外,其他地方任凭母亲挑选。"

于是,武姜故意向庄公开口,让他把京(今郑州市荥阳东南)封给叔段。京本是旧都,乃郑国大邑,城垣高大,人口众多,且物产丰富。碍于国母的威逼,庄公也只好答应。

大夫祭仲对庄公说:"凡属都邑,城垣的周围超过三百丈就是国家的祸害。所以先王之制规定,大城市的城墙不能超过国都城墙的三分之一,中等城市不能超过国都城墙的五分之一,小城市不能超过九分之一。现在京城的城墙已超出三丈,完全

中国青少年智慧阅读书系

不合法度,恐怕会成为大王的祸害。您怎么能容忍呢?"

庄公故意露出一脸无奈,摇头叹气地说:"母亲这样支持他,我又能有什么办法呢?"祭仲一听,这还了得,急忙上前劝谏道:"姜氏的欲望怎么满足得了呢?大王不如早下手处置,不要让段的势力滋长蔓延。不然的话,今后就不好办了。"

这时,庄公突然似有把握地正色说:"坏事做多了,必然会自取灭亡。你就等着瞧吧!"

叔段到京邑后,号称京城太叔。仗着母亲姜氏的支持,从不把尊君治民放在心上,而是招募勇士,训练甲兵,囤积粮草,加紧扩展自己的势力。除此之外,他还下令大兴土木,高筑城墙。叔段紧锣密鼓的活动,就是等着实力增强之后一举攻入都城,在母亲的接应之下,把哥哥赶下台,他好篡权夺位。

叔段在京邑一系列的反常举动引起了人们不少的议论。从士大夫到老百姓都看出了叔段明显有不臣之心,并为此感到惴惴不安,然而庄公却对此视而不见。

庄公一次次的妥协退让,被叔段认为是无能的表现,这也促使叔段篡国称君的野心日益增长,加快了他造反的步伐。不久,叔段竟擅自命令西部和北部边境的驻兵同时听命于自己。而按照惯例,这些命令只有国君才有权利发布。接着他又把京邑附近两座小城也吞并了,收入了他的管辖范围。

对此,朝野上下许多大臣都坐不住了,大夫公子吕气愤地对庄公说:"一个国家不能同时听命于两个国君,大王究竟打算怎么办?如果您要把君位让给太叔,下臣就去侍奉他;如果不让,那就请除掉他,不要让老百姓生二心。"公子吕劝他早点下手把叔段收拾了。

眼看着火烧眉毛的危局,庄公仍然不愠不火地说:"用不着除他,没有正义就不能得民心,他迟早会自取其祸的。"庄公于是命人做了一篇《将仲子》去劝诫弟弟悬崖勒马:弟弟呀,你不要再侵占我的地盘了,我并非不能讨伐你,只是怕母亲伤心,诸侯嗤笑,人言可畏罢了!

利令智昏,太叔段既已尝到了甜头,自恃手握重兵,又有姜氏为内应,哪里肯轻易收手! 看到哥哥只是劝诫,并无实际行动,他更加肆无忌惮,厉兵秣马,屯集粮草,一俟风吹草动,得到姜氏消息,便要袭取都城新郑。其实,庄公远不像表面上那样对叔段与母联合篡权夺政的野心漠然视之。他早就有了防备,一直暗派军队驻扎在离京邑不远的地方,并在姜氏身边安插了密探,随时掌握叛军的动向。可以说,叔段母子的一举一动都逃不过庄公的眼睛。

庄公二十二年(公元前722年),在母亲武姜的怂恿下,叔段亲率甲兵万人准备袭击郑都,武姜准备开城门接应。

庄公得到叔段起兵日期的密报后,一改平日温和之态,厉色说:"该是动手的时候了!"随即命令公子吕率200辆战车讨伐叔段。京邑百姓闻讯,纷纷叛段。叔段大败溃逃到鄢地,庄公又派兵打到鄢地,直到把他赶出国,投奔共国而去。

而母亲姜氏,则被逐出国都,软禁在城颖(今河南临颍西北)。庄公发誓说:"不及黄泉,无相见也!"但武姜毕竟是自己的母亲,庄公不久就开始思念她,又不愿违背誓言,就叫人修筑了一座高大的土台,思念母亲时,就登台向城颖方向眺望。后来人们就把这夯土台叫"望母台"。

郑庄公"克段于鄢",成功处理了内乱,实现了国力统一,从而为争霸中原奠定了基础。

面对叔段的一次次不臣之举,一次次明目张胆的挑衅行为,郑庄公一次次忍让,直到太叔段的反叛行为公开,国母里应外合的阴谋败露,他才一举开刀,而且绝不手软。这样师出有名的决断,正是庄公过人智谋之所在。

要想克服生活中的不利因素,取得最后的胜利,就要学会适当地隐忍不发。在时机成熟的时候,再一举予以解决,使其没有翻身之力。

"一箭之仇"释胸怀

战国时,齐襄公荒淫无度,导致国政混乱。而有望登上君位的候选人有两个:一个是师从管仲、避难于鲁国的公子纠;另一个则是以鲍叔牙为师,避难于莒国的公子小白。纠的母亲是鲁国国君的女儿,因此,鲁国自然成为纠的强大外援,又有管仲等人的辅佐,实力自然不容小觑。而小白自小与齐国贵族高氏友善,得力的内应加上鲍叔牙的帮助,也拥有足以与纠抗衡的力量。

襄公十二年(前686年),公孙无知弑君而自立。次年,雍林人又杀无知。一时间,齐国无君,一片动荡混乱之象。

此时,公子纠和小白谁能先回到楚国,谁就能夺得先机,进而登上国君的宝座。于是,鲁庄公亲自带兵护送公子纠回国。公子纠的老师管仲担心公子小白所在的莒国离齐国较近,很有可能会抢先回国夺取君位。于是,便带了一批人马去拦截公子小白。

待管仲到达即墨附近时,果然发现公子小白正往齐国赶去。因管仲和公子小白的老师鲍叔牙私交甚好,所以他一上来并没有直接动武。开始的时候,他只是上前劝说公子小白放弃回国争夺王位,但小白自然不肯,拂袖而去。管仲一时心急,便趁小白没走多远时拿出暗藏的弓箭,对准他射去。

箭已离弦,只听小白大叫一声,口吐鲜血,从车上跌下。管仲以为小白已死,便立即送信给行进中的鲁军。既然政敌已除,公子纠也就放下心来,一行人便不慌不忙地走在返齐的路上。

中国青少年智慧阅读书系

这边，公子小白的手下慌忙拥上前来，正痛不欲生时，却发现小白没死，大家又都破涕为笑。原来，管仲射出的那支箭只是射中了他身上的带钩，当时小白着实被吓了一跳，他怕再有冷箭射来，就急中生智，故意大叫一声，然后咬破舌尖，摔在车下，这场戏演得很足，当时连鼻子带门牙都摔出血来了，他仍然躺在地上一动不动。等大家上来时他才睁开眼睛，松了一口气。

古代的人都很迷信，大家都认为是天不灭小白，于是士气大增。在鲍叔牙的带领下，小白带着众人日夜兼程地赶路，终于抢在了公子纠和管仲的前面回到了齐国的首都临淄。齐国的大贵族国氏和高氏等立即立公子小白为国君，称齐桓公。

齐桓公即位后，立即集合军队，把鲁军打得一败涂地，连他们撤退的道路都被切断了。这时，鲁国国君收到鲍叔牙送去的一封书信，说明齐桓公不忍亲杀兄弟，请鲁国把公子纠自行解决；否则，鲁国则有灭顶之灾。

被逼无奈之下，鲁国只得杀了公子纠，然后把管仲押送到齐国。

大家认为，这下管仲死定了，问题只是到底是被车裂还是腰斩抑或是五马分尸，总之，不会死得很轻松。但令众人不解的是，齐桓公并没有杀他。既然齐桓公连对公子纠都无法容忍，又怎能放管仲一条生路呢？

原来，是鲍叔牙的劝说起了关键性的作用。鲍叔牙知道管仲的才能，他对齐桓公说："君王的眼光应当远大。如果大王只想治理好一个齐国，那么我和高氏、国氏来协助您就够了。但如果大王想称霸诸侯，就非管仲不可。管仲的才能比我高出多倍，大王如果重用他，一定能成就齐国的一番大业。"

齐桓公是一个有鸿鹄之志的人，而且心胸宽广。他听了鲍叔牙的这番话，又知道鲍叔牙与管仲相知甚深，于是起了爱才之心。而且他也想通了，当时管仲是公子纠的老师，大家各为其主，站在管仲的立场，暗杀自己并没有什么过错，于是就放下了心中的怨恨。等到管仲到了临淄，齐桓公决定重用这个治国之奇才，于是沐浴三次，亲自在郊外迎接他，并拜管仲为相。

管仲有感于齐桓公的不杀和知遇之恩,也不负桓公之望,助其内修国政,外联诸侯,终成一世霸业。

可以说,齐桓公和管仲是一对"黄金搭档",没有管仲尽心尽力地辅佐,齐桓公就难成霸业;而没有齐桓公,管仲也无法施展自己的满腹才华和治国报负。但齐桓公如果没有容人之量和察纳雅言的美德,他后来的得力助手管仲也许早已成了刀下之鬼。

作为上位者,作为一个团队的领导,要想成就一番事业,就离不开贤明有才的手下尽心尽力的帮助。而要吸引各种各样的人才,就需要宽阔的胸襟和气度,不因私怨而废公器。雄才大略的齐桓公,能够不计较差点要命的一箭之仇,爱才胜过私愤,可谓胸襟开阔;任人唯贤,不愧为一代开明君主。而管仲为齐国鼓鼓业绩,施展济世之才,内修国政,外联诸侯,以霸业报国君知遇之恩,可谓贤臣。一箭之仇释胸怀,君臣终成一段历史佳话。

做人要有宽广的胸怀,最高境界莫过于以德报怨。对于因不同立场伤害过自己的人,如果有容人的雅量,自然能使对方冰释前嫌,换来对方的真诚帮助。这一点对于青少年朋友们来说,也可以借鉴于交友方面。

三鼓之实与旌旗之虚

公元前684年春，齐桓公在巩固了君位后自恃军力强大，准备向外扩张。他不顾管仲的谏阻，背弃了与鲁国订立的盟约，决定发兵侵犯，企图一举征服鲁国。鲁庄公闻报，决定动员全国的力量同齐军一决胜负。

鲁庄公御驾亲征，一位叫曹刿的智士主动请缨，要求与庄公一同参战。曹刿既非武将，也非文臣，但深通兵法，素有深谋远见。

为了暂时避开齐军的锋芒，鲁庄公率领军队撤退到一个有利于防守反攻的地方——长勺(今山东曲阜北郊)，与齐军相持。

这一日，齐、鲁两军在战场上遭遇。由于之前齐军多次击败鲁军，鲍叔牙和齐国的将士们都认为鲁军不堪一击，无不轻视，齐军很快摆好了进攻的阵势，只等战鼓擂响。

鲁庄公这边则严阵以待，不一会儿，只听得齐军战鼓齐鸣、杀声震天，齐军兵士如潮水般冲了过来。鲁庄公见此阵势，随即就要下达应战的命令，刚想挥手示意兵士对敌，却被坐在同一辆战车的曹刿拉住了衣袖："齐军兵锋极锐，气势如虹，我军若此时出击，岂不正合敌人心愿？现在出击没有胜利的把握，宜以静待之，暂避锋芒，消耗敌人锐气。"

庄公见曹刿一脸正色，心中便也自有几分稳定。于是采纳了他的建议，命鲁军固守阵地，等齐军冲上来时令弓弩手射击，以稳住阵势。

这边，齐军空擂了半天战鼓，鲁军却闭门不出，在鲁军阵地外反而受到弓弩的迎头痛击。损失了一些士兵之后却没有找到厮杀的对手，只得向后撤退。经过稍事休整，鲍叔牙又下令展开第二波攻击。随着战鼓声，士兵们又冲了上来，不过，气势已经没有第一次那么足了。然而，鲁军依然坚守不出，无论齐军怎么挑衅，他们岿然不动，把营寨守得跟铁桶一样坚固。

齐军攻势虽猛，但无奈于总也冲不垮鲁军的队列，士气不免疲惫，又一次退了下来。

两次进攻都没有得到应战，让齐军的士兵感到就像一拳打到了棉花上。别说冲锋的士兵，就连擂鼓的都没劲了，而鲍叔牙和齐军的一些将领还认为鲁军是怯于应战，被他们打得吓破了胆，于是他们决定再次发动进攻。终于，战鼓第三次响起。

此时，曹刿一反常态，竟然像听到了冲锋号一样，激动地从车上猛地站了起来。他对鲁庄公说："是出击的时候了！"于是，庄公亲自擂起战鼓，发出攻击命令。待命的鲁军将士早就被前两次齐军的耀武扬威激起了怒火，他们像猛虎扑食一样冲了出去，无不争先恐后，奋勇出击。而此时的齐军却临变而慌，不复当年之勇，很快就被打得七零八落，大败而逃。

鲁庄公见敌人败走，也倍受鼓舞，忙下令乘胜追击。曹刿又加以制止："别忙，等一会儿。"说完，他跳下车，看看地上的车辙痕迹，又站在车顶上向逃走的齐军望了一阵，然后才对庄公说："可以放心追了，这次定要杀它个片甲不留！"于是，鲁军乘胜追击，给齐军造成了沉重的打击，俘获了大量甲兵和辎重，把齐军赶出了国境。

庆功宴上，鲁庄公问曹刿："为什么要在敌人击鼓三次后才出击呢？"

曹刿答道："凡打仗，全凭士兵的一股勇气。第一次鼓响时，齐军的士气很旺盛，好比一群猛虎下山，这时候他们的战斗力最强，千万不可硬碰。第二次击鼓时，齐军的斗志就开始松懈了。到了第三次，齐军的士气就已经低落了，士兵们精神、体力都因为前两次的消耗而疲惫，战斗力骤减。而这时我军初次鸣鼓进攻，士气旺盛，勇气十足，策新羁之马，攻疲乏之敌，自然就可以旗开得胜。"

鲁庄公又问："可是，当齐军败退时，你为什么阻止我下令追击，而是经过仔细

中国青少年智慧阅读书系

观察之后才允许追击呢？"

曹刿又说："兵者，诡道也。齐军诡计多端，如果他们是故意败走，诱我追击，就可能在前面有埋伏。因此，我才下车察看，我看到齐军败退的车辙和马迹杂沓非常，证明他们是仓惶而逃；而远远望去，齐军的旗帜东倒西歪，阵势混乱，说明他们确实打了败仗，而不是故意造成战败的假象。在这种情况下，我们才能大胆进军。"

长勺之战虽然只是一次诸侯之间规模不大的战争，但它却在战略上体现了古代一些可贵的军事辩证法思想，成为后世"后发制人"防御战略思想的宝贵借鉴。

炼智　　曹刿用了"水以静诗哗"的谋略，后发制人，战胜了强大的齐军。对于士气如虹的敌人，他并不是直接出兵攻打，跟对方硬拼，而是采取损刚益柔的办法，消弱敌人的锐气，暂避对手的锋芒，令敌人由盛转衰，由强变弱。到最后，虽然对面是同一支齐军，但是战斗力已经不可同日而语了。在对方的士气最低落、战斗力最差的时候，曹刿再指挥士气最旺盛的己方士兵，给了对方致命的一击。在追击败退的敌人时，他还能保持头脑冷静，不被胜利冲昏头脑，这样，胜利女神终于降临鲁军这边。

在两军对垒时，逸者胜，劳者败。所以，要千方百计创造条件，使敌劳，使己逸，这便是掌握作战主动权、伺机歼敌的法宝。

悟理　　做任何事情，如果趁着一开始情绪高涨、干劲旺盛的时候，全力以赴，一鼓作气，就容易获得成功。而如果事情老干不好，原有的勇气和力量就会逐渐衰退，再想成功就更加困难了。在做任何事情之前，都要注意把握时机，如果时机尚未成熟，就不要轻举妄动，而要沉住气，养精蓄锐，等待时机。在条件成熟的时候，就应果断出手，一鼓作气，全力以赴，一举把事情解决。这就叫不鸣则已，一鸣惊人。

"信义"一箭射两国

春秋时期,自齐桓公称霸后,齐国因后继乏力而失去了霸主地位。当时晋国内部不断动乱,按照国力来讲,晋国本来并不是最有力的霸主争夺者。

然而晋文公运气好,他当上国君不久,就碰上两个机会,这两个机会帮助他成就了霸业。

晋文公即位同年,正好周王国的宫廷发生丑闻,给了晋文公以勤王表现的机会。周襄王姬郑的妻子翟后跟他弟弟姬带私通,被姬郑发现。姬郑把翟后废掉,姬带逃到翟国(山西吉县西北),说动翟国进攻周襄王。姬带攻陷洛阳,立翟后当王后,自己称王。姬郑既失去妻子,又失去宝座,狼狈地逃到郑国的汜城(河南襄城)。晋文公抓住这个机会,发兵勤王。姬带不提防这个奇袭,于是跟翟后一同被杀,姬郑复位。

周襄王以其有功,拿出自己的八个城邑赏赐晋文公,位置都在洛阳附近。这八个封邑使晋人获得了逐鹿中原的跳板。

晋文公去接受这八个城。然而这八个城邑的人很傲气,一直守在周天子脚下,自视甚高,根本不服新来的山西主子。譬如其中的阳城人干脆就举城迁走了,让晋文公接受了一个空城。

八个封邑中还有一个原城(河南省北部济源县),是传说中的愚公故乡。原人也跟愚公一样倔,说:"山西人想霸占我们,不行。"不肯归附。晋文公只好屯兵攻打,并且跟原城人约定以三天为期,三天打不下来的话,就撤退,以免平民伤亡太大。攻到第三天黄昏,城墙岌岌可危,晋军已经胜券在握了,晋文公看了看天色,却挥令班师,守约而撤。

手下的将军、大夫们请求再等一下:"原人马上就要投降了,再坚持一会儿,就能杀进去吃晚饭了。"晋文公说:"信用是国家的珍宝。既然有约在先,就应该遵守,否则得到原城却失掉珍宝,得不偿失啊。"说完领兵就撤。没想到没撤出多远,原人就哭着追上来了:"晋文公是这样重信义的君王,我们还有什么理由不归顺他呢?"于是原城向晋国投降,晋文公将原城收为领地。

在周王国内乱平息后的第二年,也就是公元前633年冬天,楚成王和诸侯共同包围了宋国。宋自知绝非是势气正盛的楚国的对手。于是,宋国派人向晋国求援。

晋文公拿捏再三,对这桩"闲事"仍然是犹豫不决。实际上晋文公所虑,一是消耗自身而无利可图,二来因为这一次的对象不是花花公子姬带,而是庞然大物的楚王国,不知道能不能打得过。

但宋国向晋国乞援,这是推尊霸主的一种强烈表示,于是,他决定出兵。大臣孤偃给晋文公献上了一条妙计:"楚国刚刚得到了曹国,又和卫国新近订立婚姻盟约。如果讨伐曹国和卫国,楚国肯定会出兵援救,宋国的威胁就可以解除了。"

于是,晋文公决定攻击卫国(河南滑县东)和曹国(山东定陶)。晋文公准备进攻曹国时,向卫国请求借其国境通过,以便近道攻取。没想到卫国竟然拒绝借路,晋文公便绕道南渡黄河而伐曹,得胜后又转攻卫国,很快便打下了卫国的五鹿。

此时,卫成公的态度骤变,又转而请求与晋国结盟。这次晋文公也没有同意。卫成公又想投靠楚国,但却遭到了卫国人民的反对。百姓们说:"像晋文公这样重信义的君主,我们能不服从他吗?"于是卫国人民放逐了卫成公,投靠了晋国。

同时,晋文公积极开展政治外交,派人东去齐国,获得齐孝公支持,派出齐兵策应;又西去秦国,秦穆公宣布支持妻兄的战争行为,秦兵南下进入巴尔干西部以呼应晋军。

公元前632年,晋楚两国在城濮(山东鄄城)决战,史学家称这场决战为"城濮之役"。这场战争是当时世界军事史上的壮举,此会战使晋文公得志于天下,从而结束了齐桓公死后十年天下无霸主的混乱状态。

　　晋文公伐原重信,与原人约定三日之期,在约定的期限,面对唾手可得的胜利,晋文公豪不贪恋,毅然依诺罢兵。此举使原人对晋文公的信义心悦诚服,自动将原城献上。得原之后,因信义之名传遍天下,又意外地得到了卫国。

　　晋文公以"信义"为"箭",连得两国,不战而屈人之兵,信义成为晋文公成就霸业的超级武器。上兵伐谋,不战而屈人之兵是用计的最高境界。战争的最终目的是征服人心,用武力征服城池容易,却难以征服人心,而信义,却是征服人心的最佳手段。春秋五霸之一的晋文公选择的是"文道",以最能征服人心的"信义"达到了攻城掠地的目的。

　　信义,是一种永恒的人性之美,是获得成功的第一要素。讲诚信的人,更容易获得人们的信赖,哪怕是对手,也会尊重那些讲诚信的人。诚信不但可以使人得道多助,还可以化敌为友。因此,我们应该将诚信贯穿于自己的为人处世之中,形成宝贵的品格。诚信的品格将使我们的人格魅力增加,成为帮助我们走向人生辉煌的无形资产。

弦高献牛救郑国

周襄王二十三年（公元前630年），随着秦国实力的日益强大，秦穆公称霸中原的野心也越发膨胀起来。当时，秦国和晋国正在围攻郑国。郑文公派烛之武去游说秦穆公，使秦穆公感到灭了郑国只是对晋国有利而对秦国并没有什么好处。于是，他不顾有着世代联姻关系的晋国的反对，自毁"秦晋联盟"，而与远在中原地区的郑国结成了"秦郑联盟"。并派杞子等人率军队在郑国的都城驻扎，名为帮助郑国御敌入侵，实为时时监控并伺机而动。

周襄王二十五年（公元前628年），郑国的国君郑文公去世，杞子便利用郑国国丧和官员调整之机掌握了郑国都城北门的钥匙。接着，自以为攻打郑国时机已经成熟的杞子便派人向秦穆公报信，说："郑国人已让我掌管北门，如果大王速派军队从北门偷袭郑国，我暗中把门打开，里应外合，一定能一举拿下郑国。"

得到杞子的情报后，大喜过望的秦穆公便不顾主政大夫大臣百里奚和蹇叔的反对，悍然下令孟明视、西乞术和白乙丙率兵车400乘从都城出发，去偷袭正处于国丧中的郑国。

周襄王二十六年（公元前627年）春，秦军顺利地通过了周都城洛邑，抵达滑国（今河南偃师东南），并一步步地向郑国逼近。

一天早晨，队伍刚刚开始行军，忽有手下赶来报告孟明视："将军，郑国的使者求见！"

孟明视大惊："怎么会这么巧？我们要打郑国，他们就大老远地派使者来？难道他们已经知道了我们的目的？"他最怕的就是这一点，因为秦国大臣蹇叔反对这次偷袭的理由就是,秦军长途奔袭,一旦被郑国发现,提前做好准备,那么他们这支长途跋涉而来的疲兵将毫无胜算。百般无奈之下,孟明视传令接见郑国使者。

这位使者进账以后,众人发现这是个貌不惊人的小矮个,他叫弦高。其实,秦军还被蒙在鼓里,这哪里是什么使者,只是郑国的一个普通牛贩子。不过这位牛贩子是一位爱国商人,他正巧到周地贩牛经过滑国,发现了秦军要经过滑国去偷袭郑国的阴谋。

为了使郑国不吃亏,有胆有谋的弦高当即做出了一个大胆的决定:凭自己的力量也要为郑国交战争取一些时间和主动权。于是,他一边派小伙计快马加鞭去郑国报信,一边假充国使来到秦军的军营。他向孟明视施礼后,主动送上十二头牛和四张熟牛皮,说:"我叫弦高,鄙国国君知道你们要来,特地派我先献上这小小的礼物。国君还让我转达对贵国的感谢,承蒙贵国派兵保护国都北门,我们非常感激。我们特地为贵军安排了吃住,虽然鄙国并不富裕,但是,只要贵军在敝国住上一天,敝国就会提供一天的食用给养,并派军队保护你们的安全。"这一番话说得非常得体,话中有话,仿佛郑国早已洞悉一切,早有防备了。

在这种场合下,心中有鬼的孟明视只得睁眼说瞎话:"请转达我们的谢意!我们不是到贵国的,而是来讨伐滑国的,您回去吧!"弦高走出秦军大营,长舒了一口气,便马上离开了。

孟明视对西乞术和白乙丙人说:"郑国已经有所防备,我们的偷袭是没有指望了。硬攻是不可能一下子成功的,我们又没有后援,还不如顺水推舟,就灭了滑国回去吧。"于是,灭了倒霉的滑国回师。一场眼看家破国亡的战祸,由爱国商人弦高机智勇敢、巧犒秦师而摆平。

郑国那边,得到弦高情报的郑穆公迅速布置防御,并派人到杞子的住处,暗示已经知道了他们欲里应外合灭郑的阴谋。杞子等人只得慌忙逃离了郑国。

孟明视他们抢了不少玉帛、粮食和男女人口之后,装满几百辆大车,准备回国。当他带领的军队到了地势险绝的崤山地带(今河南陕县东),被早已埋伏在那里的晋军杀得全军覆没，他自己和西乞术、白乙丙两名副将也做了俘虏。晋襄公还打算把他们几个押到太庙里，宰掉当祭品。幸亏后来晋襄公在母亲的劝说下又释放了他们，他们才捡回了小命。

事后，为了表彰弦高的功德，郑穆公欲以"存国之功"封赏弦高。但弦高却坚辞不受，说："保卫国家，人人有责。我做了应该做的事情，有什么理由来居功领赏呢？"他最终谢绝了国君的奖赏，依然行走在经商的路上。

俗话说"商人重利而见利忘义"，这话在弦高的身上却失灵了。弦高作为一个普通的商人，虽然只是一个小老百姓，但他心怀祖国。在国家危难的关键时刻能够挺身而出，只身探敌，不可谓不"勇"；作为一个商人，能够牺牲个人利益，不惜倾其所有财物保全国家利益，在挽救了郑国之后，有功弃赏，不可谓不"德"；危机面前，不仅没有慌乱，反而冷静地做好了周密安排，争取到主动，不可谓不"谋"。

弦高的计谋并不算高深，说白了也就是"虚张声势"而已，但是正是这种"空城计"，吓走了勇武的秦军，保得国家平安。这种临危不乱、胆大心细的智慧，以及视社稷利益高于一切的无私行动与爱国精神，都为后世竖起了垂范的道德丰碑，理应值得学习。

在这个世界上，方法总比问题多，很多事情难以做到，只是因为我们没有用心去找方法解决。遇到困难，甚至是危机的时候，我们需要审时度势，了解实际情况和时机，学会随机应变。

天无绝人之路，难题、困厄到来的时候，只要我们能够镇之以静，根据实际情况和时机的变化而灵活机动地动脑子想办法，那么人生中的一切危机都可能迎刃而解。

芒卯"抛"邺得五城

魏昭王六年（公元前290年），秦国与赵国相约一起攻打魏国。两国约定事成后，将原属于魏国的邺城（今河南安阳一带）割让给赵国。这样，魏国陷入两面受敌的境地，情况十分危机。

眼看大兵压境，魏昭王心中焦急难耐，连忙召集群臣商议对策。正在大家一筹莫展时，相国芒卯说："大王不要忧虑，臣下有一对策可退敌兵。"

魏昭王一听来了精神，瞪大了眼睛连忙请芒卯说下去。芒卯进一步解释道："赵国和秦国本来就有矛盾，这次联合无非是为了利益。大王可派一位能言善辩之人出使赵国，对赵王阐明利害关系。再抛给他一点甜头，使之与我们联合，共同对付秦国。只要瓦解了两国的联盟之势，以后的事，臣下自有办法。"

于是，一筹莫展的魏昭王听取了芒卯的意见，派大夫张倚出使赵国。临行前，芒卯又对张倚如此这般地交待了一番。

张倚到了赵国后，以一副卑微之态向赵王行礼道："大王要攻打我国，不过是想要邺城这地方罢了。大王现在既然要与秦国联合攻打我们，那么邺城这个地方恐怕我们无论如何也保不住了。为了避免军事争端，让百姓少受涂炭之苦，魏王情愿把邺城献给大王，我国愿与赵国交好，不知大王是否愿意接受？"

赵王一听，不用打仗就能白白得到一块土地，这是多么大的一个便宜啊。既然魏国拱手把邺城送上门来，不要岂不是傻瓜？赵王心中自然暗喜不已，但嘴上却问："魏王的美意敝国心领了，但不知贵国对我们有什么要求？"他也明白，这事少不得讨价还价，就看对方会不会狮子大开口了。

　　张倚故作愁容，叹息说："我们哪里还谈得上什么要求，只是觉得魏国与赵国世代友好，原来出于一国。魏王的意思，不外乎希望与大王永结邦交。另外，秦国乃虎狼之国，秦兵凶狠残暴，魏国与秦国素来有着深深的仇恨。如果大王看得起敝国，就请与秦国断绝关系，这就算帮了敝国大忙了。"

　　最后，张倚又用非常诱惑的语气说："我们的邺城正等待着大王前去接收啊！还请大王三思。"赵王一听，不用跟秦国拼命，只是断交而已，那还简单，怦然心动。因为当时各国的外交政策都不稳定，经常今天还是盟友，明天就打成一团；今天还是死敌，明天就聚在一起算计别的国家，成了盟友。不过，为了稳妥起见，赵王又征求了相国的意见，相国说："我们兴师动众地与秦国联合攻魏，最终也不过是为了得到邺城。现在既然能够不动一兵一卒就可以达到这个目标，何乐而不为呢？"

　　于是，赵王答应了魏国的条件，立即宣布与秦国绝交，并且下令关闭关卡，不准秦人通过。采取这些措施之后，赵国马上跟秦国的关系恶化了。既然情况有变，秦国也不敢独自去攻打魏国了。这一计策，轻易解了魏国的危机。

　　这时，赵王兴冲冲地派了一支军队去魏国准备接收邺城，到了城下却发现对方严阵以待。赵军将领跟守城的芒卯说："我们按照贵国张倚跟敝国商定的盟约来接收城池。"没想到芒卯正色地对赵军将领说："我们跟贵国结盟，本来就是为了保卫邺城。魏国好端端的城池，怎么可能轻易地就赠与他人？张倚的话能代表魏王的话吗？张倚答应给你们的，你们去向他要好了。但是，如果想从我手上得到邺城，我们只能是决战到底。"

　　本来准备白白接受邺城的赵军根本没有想到魏国会临阵变卦，只带了区区百十来个兵马的使者，哪里是魏军的对手，对于芒卯的赖皮根本无能为力，只得灰溜溜地回去向赵王报告。

　　赵王听了使者的汇报之后大惊失色，这才知道中了魏国的计。一怒之下，想讨伐魏国，但是此时，秦赵两国已经因为赵国的背盟撕破了脸，秦国因赵国无故毁约正想联合魏国兴兵伐赵。

　　这次轮到赵王惶恐不安了，于是，他连忙召开紧急会议商讨对策。万般无奈之下，赵国只得向魏国求情，主动割让五个城邑交与魏国，以求两国再次联合共同抵御秦国的进攻。至此，魏国不费一兵一卒，坐收赵国五座城池。而赵国，则是偷鸡不成蚀把米，有苦说不出。

在秦赵两国的夹击之下，魏国如果贸然跟对方硬拼，势必没有什么好果子吃。芒卯冷静分析了形势，发现秦赵联盟基于"利益"的合作关系并不牢固。于是，他决定抛出诱饵，破坏两国的合作关系。

芒卯用邺城作诱饵，贪婪的赵国目光短浅，只看到眼前的利益，没看出背后的阴谋。于是，按照芒卯的剧本上演了一幕"窝里反"，最终不仅没有得到邺城，反而引起了前盟友秦国的不满和攻击。而为了抵抗秦国的"报复"，赵国又不得不用自己的五座城池换来魏国的支持。

芒卯就像一个高明的商人，做的是"空手套白狼"的无本买卖。本来是被欺负的弱者，在这一计之下，不仅毫发无损，反而赢得了五座城池，真是一笔好买卖。这其实是一种"钓鱼"的方法，利用了赵王爱贪小便宜的弱点，先以邺城的甜头诱其上钩，然后再慢慢收回，使得赵国最后不得不付出更大的代价。

喜欢贪小便宜的人，就如同口渴的时候去喝海水一样，不仅不能解渴，还会让自己有性命之忧。贪小便宜吃大亏，贪婪的人注注目光短浅，为了眼前的蝇头小利而丧失理智。而一个人如果目光长远，不怕暂时"吃亏"，拥有肯舍弃、不计较的心态，才能赢取最终的"大得"。

火牛救下的即墨城

公元前284年，燕昭王为了报杀父之仇，任命乐毅为主帅，联合赵、楚、韩、魏四国，率大军讨伐齐国。齐国军队由于缺乏战备，接连被攻破70余城，全国土地和重要城市包括都城临淄在内，均在短时间内被五国联军占领。最后，只剩下莒（今山东省莒县）和即墨（今山东省即墨市）两个边远城市，仍由齐军驻守。一时间，齐国大片国土沦丧，势如危卵。

燕将乐毅在其他四国远征军先后回程后，亲自率领燕国军队留下来围攻即墨。即墨地处富庶的胶东，是齐国较大城邑，物资充裕，人口较多，城墙坚固，具有一定防御条件。在大军压境的情况下，即墨守将亲自出城与燕军交战，由于寡不敌众，壮烈牺牲。即墨城里没有守将，差点儿乱了起来。城中军民公推由临淄逃来的田单为将，他是齐王的远房亲戚，带过兵。田单根据敌我军事力量相差悬殊的实际情况，命令军民依靠坚固的城池和丰厚的军需，坚守抗燕。

转眼间一年过去了，即墨城仍未能攻克。乐毅强攻不下，只好采取怀柔政策，企图使即墨自行崩溃。他下令解除围攻，退至城外九里处修筑营垒，欲攻心取胜，形成相持局面。

田单趁机集结所带族兵及残兵7000余人，加以整顿、扩充，甚至连其妻妾也编入了军营参加守城。他和军民同甘共苦，"坐则织蒉（编织草器），立则仗锸（执锹劳作）"，亲自巡视城防，尽散饮食给士卒，深得军民信任。同时，增修城垒，加强防务，从而提高了即墨的防守能力，为组织反攻打下了基础。

就在这时，燕国内部发生了变化，那位胸怀大志的国君燕昭王去世，他的少不更事的年轻儿子继位，即燕惠王。田单认为正好可以利用新主与旧将之间难免隔阂的时机，就此挑拨。于是，他便暗中派人到燕国散布谣言，声称乐毅智谋过人，进攻齐国之初一口气攻克70余城，现在只剩两座城却迟迟不能攻下，并非兵力所难，而是他想倚仗兵威来收服齐国人心，自己好做齐王。如果另派主将，即墨指日可下。

燕惠王果然没有他父亲的胸怀，他对这些谣言信以为真，派骑劫取代乐毅为将。乐毅一看燕惠王猜忌自己，就到赵国去了，他本来就是赵国人。

骑劫到齐后，一反乐毅的围困战法，改用强攻。然而，骑劫同样在即墨城下碰了一鼻子灰。他见强攻仍不奏效，便又改用恐怖手段威慑齐军。田单将计就计，诱使燕军行暴，声称齐军最怕燕军割掉降卒的鼻子，如果那样，齐国人就再也不敢打仗了。骑劫果然中计而行，即墨军民见敌人如此虐待俘虏，更决心守城，唯恐落到燕军手中。田单又声称守军害怕城外祖坟被掘，那样魂灵无依，做子孙的就会屈膝投降。骑劫立即挖坟、焚尸，即墨人无不痛心疾首，誓与燕军决一死战。

为隐蔽自己的反攻意图，使燕军丧失警惕，田单命精壮勇士都藏在城里，令那些老弱病残和妇女登城守望。他又让即墨的富豪持重金贿赂燕将，假称即墨城里的粮食快要吃完了，守军将要降燕，请求燕将保全妻小。此时，燕军围城已愈三载，急欲停战回乡。见大功即将告成，一心坐待受降，守备更加松懈麻痹。

公元前279年，田单见反击时机成熟，便集中千余头牛，在牛身上绘五彩龙纹。在每头牛的牛角上还牢牢地绑上两把锋利的尖刀，牛尾上捆扎上一束浸透着油脂的芦苇。到了夜间反攻的时刻，军卒们高举着火把，将捆在牛尾上的芦苇点燃。牛负痛从预先挖好的几十个通道冲出，狂奔燕营。5000名精壮勇士紧随于后，城外的燕兵不被牛顶死的也被踩死，没被踩死的也被随后而来的精兵砍杀。城内军民锣鼓声动，呐喊助威。只见燕军军营内火光冲天，杀声震耳。燕军将士从梦中惊醒，仓皇失措，四散溃逃，为了夺路逃命，互相践踏，死者不计其数，主将骑劫也在混乱中被杀。

齐军乘胜大举反攻，齐国民众也持械助战，很快将燕军逐出国境，被占领的70

余城也全部收复。随后田单又迎襄王返回都城临淄(今山东淄博东北),拥立为齐君。田单因有功而封为相国,号曰安平君。

田单智谋超群,火牛破敌,此战堪称战争史上最经典的战例之一。在国破城围、双方力量对比十分悬殊的情况下,田单与军民同甘共苦,意志坚定,坚守孤城。他利用各种计谋削弱燕军,利用反间计逼走了最有威胁的对手——乐毅,将计就计诱使燕军行暴,激起了齐国军民同仇敌忾的士气,他又令那些富豪诈降,麻痹对方,积极备战,创造反攻条件。

在时机成熟时,他又出奇制胜,充分运用"火牛阵"的机动性、突然性、杀伤力和心理威慑等因素,进行夜间突袭。可以想象,在冷兵器时代,头上插刀、尾燃火把而四处狂奔的牛,不仅可怕,而且威力无比,非人力所能抗拒。正是这种前所未有的"招数",才促成了齐军最后的胜利。这一仗,胜在出其不意、攻其不备上。

以奇取胜不但可以利用自然条件,而且可以主动地创造条件去迷惑对手,使其不知虚实,不辨真假,紧接着以出人意料的招数将对手制服。此战也成为中国战争史上以弱胜强的典型战例。

"出奇制胜"就是指超出常规,以出人意料的方法取胜。因此,出奇制胜这一谋略贵在一个"奇"字。要想做出不同寻常的成绩,就不要墨守成规,要用创造性的思维发挥出自己的想象力,只有这样,才能成就别人不能成就的事业。

孙膑减灶诱敌

战国时期,在著名的"围魏救赵"发生后的十三年,即公元前341年,魏国再次发起争端:与赵国联合,意欲攻打韩国。韩国频频向齐国告急求助,齐威王召集群臣商讨对策,有主张坐山观虎斗的,有主张发兵救援的,相互争执不下。

齐威王询问孙膑的主意,孙膑说:"现在魏国刚刚向韩国发动进攻,如果我们急忙出兵相助,实际上就是我们代替韩国承受魏军最初的打击,这样的打击必然是非常猛烈的。所以说马上出兵是不合适的。我们不如先答应韩国的求救,这样他们必定会全力抗击魏军,最初的拼杀必然异常激烈,这样可以最大程度地消耗魏军的力量。当魏韩这两虎争斗一番以后,我们再发兵袭击大梁,攻击疲惫不堪的魏军,挽救危难之中的韩国,这样对我们才更有利。"

齐威王十分赞赏孙膑的建议,当即采纳。一年后,当魏韩两军交战更为激烈,双方实力已大大削弱的时候,齐威王才决定派兵出战,前去救援韩国,这次仍以田忌为主将,孙膑为军师。

这次,田忌有了上一次避实击虚的成功经验,于是决定再打一次"围魏救韩"的漂亮仗。上千辆兵车驶出齐国时,胸有成竹的田忌不是指挥大军去韩国解围,而是直接向魏国首都大梁进发。

战役之初,按照孙膑的计策,齐军长驱直入,把攻击的矛头指向魏国的都城大梁。魏王见齐军打来,急忙命令孙膑的师弟兼宿敌庞涓从韩国回兵救魏。又派太子申为上将军,让他与庞涓合兵,抵抗齐军。

时过不久,庞涓便赶紧日夜兼程赶回魏国本土,回师都城,他心里满是攻打韩

中国青少年智慧阅读书系

国功亏一篑的不甘,对齐军,尤其是孙膑,简直痛恨万分,恨不能食肉寝皮,方解心头之恨。庞涓想速战速决,于是传令军队尽快抓住齐军主力,与其决一雌雄。孙膑得到这条消息之后,便对田忌说:"魏军一向自恃骁勇,现急于同我军决战。我们要抓住这个心理,诱使他们上当。"

田忌说:"怎么才能让他们上当呢?"孙膑接口道:"我们可以装出胆小怯战的样子,用减灶的办法诱敌深入。我们今天在军营里垒十万个灶,明天后天逐渐减少。魏军向来凶悍而轻视齐军,认为我军怯懦胆小。见到灶坑减少,必然会觉得我军士兵逃亡过半,进而骄傲轻敌。那时,就正是我们一举打败他们的最好时机。"田忌听了连声叫好,于是依计而行。"

当魏齐两军刚刚遭遇,战斗一打响,孙膑就下令部队撤退,庞涓挥师紧紧追赶不放。魏军追着齐军一路向东而去,庞涓追到齐军驻地,只见地上满是挖掘煮饭用的灶头,连忙叫士兵去清点,竟有足足十万。庞涓心头着实一惊,传令说:"齐军兵力不少,不可轻敌!"第二天往前赶时,发现齐军所垒的灶只有五万个,第三天竟然只有三万个了。庞涓大喜:"我早就知道齐国士兵胆小怯战,进入我国才三天,士兵逃亡已过半数,还敢和我们对阵吗?"于是丢下步兵和笨重物资在后,只挑选了精锐骑兵两万人昼夜兼程地追赶齐军。

这一天,齐军退到马陵道(今山东莘县境内)。孙膑见这里谷深路狭,树木丛密,很适宜设兵埋伏。计算庞涓的行程,估计他将在黄昏时就可以赶到这里。于是,孙膑叫士兵只留下一棵大树,其余全部砍倒塞在路上。又把大树迎路的一面砍白,用黑炭在上面写了一行字。然后命令一万名弓箭手左右埋伏,吩咐他们只要看到大树底下有人点火,就万箭齐发。

果然,天刚擦黑,庞涓的兵马就浩浩荡荡地进入了马陵道。前面的士兵报告有树木塞路。庞涓说:"这是齐军怕我们追击而设下的路障。"正想发令搬开树木,忽然抬头看见大树上隐隐有字。于是叫士兵点火来照。几个士兵一齐点起火来,"庞涓死于此树下"几个大字赫然分明。庞涓不由大惊失色,惊呼:"我中了那残废的计了!"话音未落,齐军伏兵对准火光处万弩齐发,箭如雨下。魏军死伤无数,庞涓也身中数箭,倒在血泊之中。他自知中计,难以脱身,只得拔剑自杀。

齐军乘胜追击,俘虏了魏太子申,彻底打败了魏军,从根本上削弱了魏国的军事实力,使之失去了中原的霸权。而齐国则挟战胜之威,迅速发展,成为当时傲视群雄的强国。

炼智 孙膑因军事才华过人而被师弟庞涓嫉妒,并被设计害成残废。然而在两军交战之时,孙膑并未因仇恨失去理智而指挥军队跟对方硬拼,他依然沉着冷静地拟定奇谋。利用庞涓骄傲自大的弱点,减灶诱敌,故意露出破绽给敌人,使其麻痹大意失去戒心,轻敌深入,然后利用有利地形设下埋伏,打他个措手不及。

用减灶诱敌之计,赚得庞涓轻敌冒进,最终把骁勇的魏军送上绝路。孙膑真不愧为杰出的军事家!这种因势利导的智谋,也只有在沉得住气的冷静中才能具体发挥,运用自如。

悟理 无论具有怎样的优势,在未决出最后的胜负之前也不能轻敌自傲,否则,就会被表象蒙蔽了眼睛,失去理智,最终可能会落得"饮恨而败"的下场。从另一方面来看,面对比自己强大的对手或者一时难以解决的问题时不要惊慌无措,要冷静地分析,找到对方的弱点或解决问题的着手之处,进而沉着地加以引导利用,让对方自己把小错铸成大错,把问题暴露出来,从而使我们离成功更近。

有时候,美丽的假象会欺骗你,失去了冷静和理性,就容易失败。我们应该把冷静和理性当做一种生活规则,用它们来指导我们做事。

"兵法云"的战场

春秋战国时期，秦国意欲一统六国、横扫天下。从公元前268年起，先后出兵攻占了魏国的怀（今河南武陟西）、邢丘（今河南温县附近），迫使魏国亲附于己。接着又大举攻韩，野王（今河南沁阳）的陷落将韩国拦腰截为两段。消息传来，韩国上下一片惊恐，赶忙遣使入秦，以献上党郡（今山西长治一带）向秦求和。

不曾想上党太守冯亭为了转移秦军锋芒，故意将上党献给了赵国，好促成韩赵联盟，共同抗击秦军。而赵王接受平原君赵胜的建议，欣然接受，这无异于虎口夺食。秦王震怒，因为秦军打下野王就是为了不战而得上党，没想到现在却便宜了赵国，这口气怎么咽得下呢？终于，公元前262年秦王命左庶长王龁率领大军扑向赵国，攻打上党。赵军兵力不敌而退守长平（今山西高平西北）。

赵王闻报上党丢了，自然非常心疼，于是派遣大将廉颇率赵军主力开往长平，兴师应战，企图重新占据上党。廉颇也招架不住强横的秦军，眼看着秦军步步进逼。最后赵军退守丹河，秦赵隔河相峙。在这里赵军固守有利地形，以丹河为依托，终于稳住了脚跟。此后，"廉颇坚壁以待秦，秦数挑战，赵兵不出"。就这样，廉颇以不变应万变，一连坚持数载，实力虽强、急于一战的王龁却一筹莫展，始终不能跨越丹河一步。至此，战争进入不分胜负的胶着阶段。

战争相持三年，秦赵两国都已不堪重负，经济将近崩溃。这时候，秦国采用了离间计，派人携带财宝前赴赵都邯郸收买赵王的左右权臣，挑拨离间赵王与廉颇的关系。并且四处散布流言：廉颇不足畏惧，他固守防御，是出于投降秦军的目的，秦军

中国青少年智慧阅读书系

最害怕马服君赵奢的儿子赵括为将。

慌忙中,赵王听信了左右的议论,把赵国名将赵奢之子赵括找来,向他询问退兵之策。

且说赵括其人,自幼酷爱兵法,谈起用兵之理来头头是道。自恃才高、天下无敌,连他父亲有时也入不了他的眼。

赵括见了赵王,一副满不在乎的样子说:"要是秦国派白起来,我还得考虑对付一下。如今来的是王龁,他不是廉颇的对手。要是换上我,打败他不在话下。"

赵王听了很高兴,便拜赵括为主帅,去接替廉颇。

命令既下,举朝颇有微词。蔺相如对赵王说:"赵括只懂得读父亲的兵书,不会临阵应变,大王千万不能派他做大将。"然而,这样的劝告对于求胜心切的赵王来说,无异于隔靴搔痒。

第二天,赵王接到了一道奏折,是赵括的母亲请求赵王不要派他儿子前去应战。赵王把她召来,斥责道:"难道你不愿意你的儿子为国效力吗?"

赵母拜泣在地说:"我着实是为了赵国的安危考虑啊!他父亲临终的时候再三嘱咐我说,'赵括用兵打仗看作儿戏,谈起兵法来就眼空四海、目中无人。将来大王如果用他为大将的话,只怕赵军都会断送在他手里。'所以我请求大王千万别让他当大将。"

此时,赵王哪里还听得进反对自己的意见,随便以"君无戏言"就轻易搪塞了过去。

就这样,赵括上任后,一反廉颇所为,更换将佐,改变军中制度,于是赵军上下离心离德,斗志消沉。他还改变了廉颇的战略防御方针,积极筹划战略进攻,企图一举而胜,夺回上党。统率着四十万大军,声势十分浩大地向长平进发。他把廉颇规定的一套制度全部废除,并下令说,若秦国再来挑战,必须迎头打回。故人若败,我军必追,非杀得他们片甲不留。

秦将范雎得到赵括替换廉颇的消息,知道自己的反间计成功,就秘密派白起为上将军去指挥秦军。白起一到长平,便布置好埋伏,故意打了几场败仗。赵括鲁莽,不知是计,拼命追赶。白起把赵军引到预先埋伏好的地区,派出精兵二万五千人切断赵军的后路;另派五千骑兵,直冲赵军大营,把四十万赵军切成两段。

旌旗倒地之时,赵括才知道秦军的厉害,只好筑起营垒坚守,等待救兵。秦昭王听到赵军业已被包围的消息,便亲赴河内(今河南沁阳及其附近地区),把当地15岁以上的男丁全部编组成军,全力增援长平战场。这支部队断绝了赵国的援军和后勤补给,使赵军断粮达46天。赵括组织了四支突围部队,轮番冲击秦军阵地,希望能打开一条血路突围,但都未能奏效。

绝望之中,赵括孤注一掷,亲率赵军精锐部队强行突围,却不想被秦军射死在乱箭之中。赵军失去主将,斗志全无,也纷纷缴械投降。这40余万赵军降卒,除幼小的240人之外,全部为白起所残忍坑杀。

长平之战的失败,使赵国遭受了毁灭性的打击,令秦国国力大幅度超越于同时代各国,从而极大地加速了秦国统一中国的进程。

炼智　　赵括自以为熟读兵书,只知"兵法云",而没有实战经验。赵括败就败在没有自知之明,他以为学会了理论就能攻无不克战无不胜,不知道自己有几斤几两,结果最终做了箭下之鬼,还连累40余万精锐的赵军给他陪葬,让赵国走向了国力衰败的穷途末路。而赵王的识人不明也是因为太相信赵括的理论水平,而不懂得战争是不能仅仅依靠书本上的知识的。

对秦军来讲,利用反间计将实战经验丰富的廉颇拉下马,以只会纸上谈兵的毛头小子赵括代替他做了主帅,并且调不世名将白起来对付这个"菜鸟",这一系列举措都奠定了秦军胜利的基础。

悟理　　正所谓"君子讷于言而敏于行"、"纸上得来终觉浅,绝知此事要躬行"。宏伟蓝图描绘得再完美,也只不过是水中月、镜中花,只有努力奋斗的行动,才能体现出自身的价值。要知道,成绩是干出来的,而并非说出来。青少年朋友们要时刻谨记,少说空话,多干实事,理论一定要尽力结合实践。

中国青少年智慧阅读书系

明修栈道，暗渡陈仓

汉元年(公元前206年)正月，项羽恃强凌弱，自立为西楚霸王，定都彭城(今江苏徐州)，统辖梁、楚九郡，他"计功割地"，分封了18位诸侯王。并违背楚怀王"谁先攻入关中，谁就做关中王"的约定，把刘邦分封到偏僻荒凉的巴蜀，称为汉王。而把实际的关中之地一分为三，封给了秦的三个降将，用以遏制刘邦北上。

汉王刘邦原本就有十万人马，因项羽嫉妒他的功劳太大，怕他兵马多了，威胁自己。因此夺走七万，只给了三万。张良本是奉韩王成之命，送刘邦直到汉中的，可是项羽要张良立刻回韩国阳翟(今河南省禹县)，仍去辅佐韩王成。张良深知刘邦是位明主，就向韩王请了假。

从秦岭通往汉中，只有一条栈道可行。刘邦通过之后，熊熊大火把这几百里的褒斜栈道化为了灰烬，只留下一些悬崖陡壁上的石桩枯木。烧毁栈道断绝项羽反攻之路的是谁呢？正是一心辅佐刘邦成就大事的谋士张良。那么，他为什么要烧掉刘邦回汉中的必经之路呢？

刘邦本来是非常不乐意去那个偏僻荒凉的巴蜀之地的，但是他根本没有跟项羽抗衡的实力。如果不去，引起项羽的怀疑，恐怕立时就有灭顶之灾。于是，在萧何的劝说下，刘邦万般无奈地带领三万士卒翻越崇山峻岭赶去汉中，美其名曰"归封"。

张良是一位军事战略家，历来十分注意观察地形。他同刘邦一起沿汉中盆地北缘，顺秦岭山脉南麓而行，在刘邦"归封"的路上，他绕道汉中城不进，却先到了汉中城西的褒中，观看地形。随后便对刘邦说："大王，你何不将这条栈道烧毁？"

刘邦看了看眼前难于通行的栈道,又望了望远处坡短而陡、水流湍急的山涧深谷,一时间不解其意,反问道:"烧毁这条栈道,我岂不是永远没有出头之日了?"

张良说:"若不烧掉这条道路,它的北口就在雍王章邯的大门上!你还没有打出去,他就打进来了。"见刘邦仍然一脸狐疑,张良接着说:"项羽不是怀疑你会再进攻他吗?烧掉了这条栈道,就等于向项羽示弱,表明你再没有能力抵抗他的进攻,也不准备再打回关中和他争夺天下了。这样就可以麻痹项羽,使他放松警惕。"

说到这里,刘邦似乎听出了弦外之音,于是就命张良从这条褒斜栈道返回去侍奉韩王成的时候,于路途之上边走边烧。张良烧绝褒斜栈道的事,被项羽、章邯知道后,心中大喜。他们料想刘邦不会东山再起,从此可以高枕无忧了,于是放松了对刘邦的警惕。

当然那只不过是表面现象,刘邦无时无刻不想着打回去,进驻汉中后,凭借此地的丰富物产,刘邦屯兵养马,广积粮草,养精蓄锐,以图来日。

同年八月,刘邦又在汉中南门外筑土为台,拜军事天才韩信为大将,准备反攻回去。为了迷惑敌人,又派樊哙、周勃率领老弱病残一万余人,去修复褒谷口的褒斜栈道。樊哙受命后不知是韩信的妙计,只在心中暗自埋怨张良:早知今日重修,何必当初烧毁?自己手下全是老弱病残,指望这些人完成这么浩大的工程,可能吗?结果这两人信心不足,因此修路的工程也进展得十分缓慢。

修栈道的消息传到关中,雍王章邯知道后,高兴地对部下说:"刘邦手下无能人,竟然任用胯下受辱的韩信做了大将。这五百里栈道,看他韩信何年何月才能修通?"说罢哈哈大笑,对刘邦放松警惕。就这样,项羽大军又一次受到了麻痹,只是奉命在道口以逸待劳。

章邯、项羽哪里知道,修栈道只是一个幌子罢了。当樊哙率领修复栈道的队伍进入褒谷不久,韩信和刘邦就统帅了十万大军,悄悄地绕过褒水,分兵两路转折北上。从今勉县百丈坡入口,经土地梁、火神庙、九台子、铁炉川,翻箭锋垭到大石崖,北出陈仓沟口的连云寺等地,日夜暗行。

中国青少年智慧阅读书系

当韩信的精锐部队神不知鬼不觉地到了陈仓(今陕西省宝鸡东),进入关中平原的时候,雍王章邯才大吃一惊,方知中了韩信声东击西之计。他慌忙准备应战,却已措手不及。就在这个时候,修栈道的樊哙、周勃也出了斜谷,与韩信会师。

最后,刘邦率军多路进攻,占领了废邱,夺得了雍地。章邯节节败退,刎颈自杀。司马欣、董翳随即也先后投降,"三秦"就这样被刘邦平定。从此,关中成了刘邦打败项羽、统一天下的基地,也从此拉开了他开创大汉王朝的序幕。

刘邦在去领地途中令部下烧毁了栈道,向项羽表白没有向东扩张的意图,麻痹对方。而等到自己具备一定实力后,便让大将樊哙重新修复栈道,以生复仇之势。而也正是这明处的叫嚣,又一次麻痹了对方,让他们以为只要守好栈道口就可以高枕无忧了。

实际上,刘邦却是声东击西,跟韩信带领精锐部队绕道偷袭,夺取汉中。"明修栈道,暗渡陈仓"的这一智谋,要义就在于用假象迷惑对方,实际上却另有打算。在正面故意暴露目标并付诸行动,让对方知道自己的目的。然后,再从侧翼攻其不备,进行突然袭击。

不论做什么事情,都要善于开动脑筋,有时候"迂回"的线路往往比"直面"更能达到效果。不要受条条框框的束缚,勇于走"不寻常"的路,也许成功就在前方等着你。

拔旗易帜，背水一战

瑟瑟微凉，西天的浮云已被残阳染成了一片血红，投下了两个并马而归的身影。对面的前沿阵地上，旌旗猎猎，严阵以待。沉默一阵之后，韩信才深深地长叹了一声："情势严峻啊！"一半是自言自语，一半是征求副将张耳的看法。

"是啊，"张耳用马鞭一指，忧心忡忡地说："这一关真不容易闯过！"转而又换成一副自信的口气："不过，我相信，这绝对难不倒大将军。"

这是公元前204年楚汉相争中的一个特殊战场。时下，刘邦采用了大将军韩信的计策：一占关中，以此为根据地，而后发兵东进，消灭项羽所封的魏、代、赵等国，扫清外围，壮大势力，从而与项羽主力决战。

此时，韩信虽已率军攻下魏、代两国，但自己的军力也损失惨重，且尚有赵国雄踞东部。迫于严酷的现实，韩信不得不就地招募兵马，勉强凑起了一支三万多的新军，以战赵国。而赵王歇和赵军主帅陈余慑于韩信的威名，对此战极为重视，他们立即拉响了红色警报，以二十万大军在井陉口（现河北省西陲）严阵以待。就战前形势而言，无论是兵力还是地形，双方都悬殊过大，真可谓严峻了得！

韩信与副将张耳从敌军前沿阵地考察回到驻地，下马换了戎装后便进入大帐。韩信端起一大碗水，猛喝几口，又放在几案上，语气沉重地说："我不怕敌军众多，也不怕地势险要，就怕陈余坚守不战，然后再分一军，抄我后路，断我粮道。"

张耳说："将军不必多虑，那陈余是纸上谈兵之辈……"话未过半，便有一骑飞马前来报告敌营最新动向。韩张二人听罢探马的回报，情绪立刻高涨起来。

中国青少年智慧阅读书系

033

半夜刚过，韩信就集合起队伍，每人发给一个面饼，说："大家先少吃一点，等天明消灭了敌军，定有酒肉让各位吃饱喝足。"将士们摸不着头脑，半信半疑。韩信一面挑选了2000名轻骑，每人带一杆赤红色的汉军大旗，让张耳带领，由偏僻小路迂回到赵军大营侧翼的抱犊寨山（今河北井陉县北）隐蔽待命。并且告诉他们："我将另派一支军队与赵军对垒，并假装败退。这样，赵军必定倾巢而出，前来追击。你们乘此机会快速进入赵营，拔掉赵军的旗帜，换上我们汉军红色的旗帜。"一面又派出一万人为前锋，乘着夜深人静、赵军未察之际，越过井陉口，到绵蔓水（今河北井陉县境内）东岸，背水列阵，而将两万主力埋伏于敌军前沿的两侧。

原来，细探飞马送来的消息是：谋士李左军建议陈馀拨给他三万军队，从小路出发，出其不意地截取汉军的后勤装备及粮食；而它的前军抵达井陉时不与交战。这样的话，不到十天就可以取下韩信和张耳的头颅。这本来是一个妙计，这样对付韩信的话，韩信就危险了。但陈馀是个读书人，不爱使用诈谋奇计，认为韩信的兵不过数千，经过千里行军，已经非常疲惫，可以直接予以攻击，想要光明正大地击败韩信，因此没有采纳李左军的计谋。

第二天清晨，天色大亮。当赵王和陈余走出大营登高观察时，看到汉军在河东岸扎营，均抚掌大笑："背水列阵犯了兵家大忌，韩信用兵必败。"笑声未落，只见韩信金盔铁甲，挥刀策马，汉军全力奔涌而来。陈余兴奋地对赵王说："这是汉军的主力，韩信来送死了。咱们全军出击的时刻到了！"

于是，赵军倾巢出动，杀下山去。韩信率军厮杀一阵后便佯败退却，旌旗仪仗和其他器物丢弃一地。赵国大军眼看韩信要败，便拼命追赶，这样就把战线拉长了。韩信大军退至河边，已断然没了后路。此时，只听韩信振臂一呼，鼓舞将士们奋勇拼搏。兵士见已陷入"死地"，便也奋不顾身、以一当十，一时间锐不可当，使赵军难以靠近。

韩信见赵军已远离大营，就连发三只响箭。那边的张耳得到信号，率2000轻骑以狂飙之势冲进赵军大营，迅速拔下赵军的杏黄旗，全部换上了汉军的赤红大旗。

此时，韩信又命令两万主力从敌后冲杀过来，陈余方知上了大当，急令回营。

怎知回头一看，大营皆已满是汉军红旗，他们以为阵地已失，赵王落到了对方手里，顿时军心大乱。正在这时，韩信领着刚才败退的兵士们杀了回来，汉军前后夹击，声威大振；赵军大乱，人人都像没头的苍蝇一样，甚至为夺路而逃自相残杀；不到一个时辰，已死伤过半，陈余也在混乱中被杀了，赵王则被汉军生擒。

此战汉军大获全胜，为刘邦向东面扩张又推进了一步。这次胜利在楚汉之战中起到了关键性的作用，而韩信也在其赫赫战史上添上了浓重的一笔。

 韩信在敌我力量悬殊的情况下出奇谋，用背水列阵的方式迷惑了敌人的眼睛，让对方以为韩信不过如此，从而引蛇出洞。同时因为背水一战，也使自己的士兵在最后关头能够爆发出顽强的战斗力，置之死地而后生。因为面对敌众我寡的局面，逃也逃不掉，横竖是死，不如一搏，尚有一丝存活的机会。然后利用佯败的方式使对方丧失了警惕，全力追击，而此时伏兵却拔旗易帜，造成占领大本营的假相，使对方心慌意乱，无心恋战，甚至弃盔卸甲，落荒而逃。这是一场不对等的心理战，通过激励己方士兵，扰乱赵军军心，形成两军夹击之势，对方却腹背受敌，最终兵败如山倒，空有二十万大军，只能任人宰割。可以说，此战最精彩的就是拔旗易帜使对方丧失军心之计，而己方则在背水一战的情势下爆发出强大的战斗力，这一心理战是韩信赢得最终胜利的撒手锏。

悟理 在生活中，我们常常会遇到各种困难，困难并不可怕，可怕的是我们自己失去了与困难斗争的勇气，失去了斗志。

面对困难，逃避不是办法，有时候为了克服最恶劣的困境，不妨背水一战。因为，逃离苦难最好的办法，就是直面困难，奋力搏斗。这样能够激发出巨大的潜能，最终超越自己。

献马献妻不献城

对于游牧民族来讲，好马就是他们的珍宝。大草原上，众人正在观看一匹千里宝马，只见它通体油黑发亮，全身上下没有一根杂毛。这匹宝马一旦奋蹄疾奔，就犹如狂风闪电，它原本属于匈奴人。

大帐内，匈奴单于冒顿咬紧嘴唇，背对群臣，正在做着激烈的思想斗争。良久，他终于抬起头，挥臂示下：把千里马献予东胡使者。

这是发生在西汉初年，匈奴和邻邦东胡之间的一段故事。匈奴首领冒顿杀父自立为王，给它的邻邦东胡造成了巨大的威慑力量。为了扼制匈奴的势力，东胡向冒顿不断地发起挑衅，企图灭掉匈奴。

东胡王知道匈奴人有一匹千里马，能够日行千里，曾为匈奴立下过汗马功劳，被视为宝马。于是，便故意派使者到匈奴索要。

闻听如此无理的要求，匈奴人一致反对，决心要与东胡决一死战。

作为首领，冒顿胸中的怒火比谁烧得都旺。但同时，他也明白东胡挑衅的用意，他们就是想让冲动鲁莽的匈奴人主动挑起战争，然后再伺机灭族。所以，冒顿并没有将自己的内心想法表露出来，他决定忍痛割爱，将宝马献给东胡。

冒顿单于对臣下说："东胡之所以向我们索要宝马，是因为与我们是友好邻邦，这是看得起我们啊！区区一匹千里马又算得上什么？如果拒绝东胡的要求，不就有失邻邦和睦了吗？"于是，他就把宝马拱手送给了东胡，一副心甘情愿的样子。

虽然表面上冒顿不与东胡作对，但暗地里他却在偷偷地壮大自己的实力，养精蓄锐。等待有朝一日，实力足够灭掉东胡的时候，他肯定毫不犹豫。只是现在时机尚未成熟，还不可声张，只能忍气吞声。

与此同时，东胡王得到千里马以后非常高兴，他认为冒顿胆小怕事，于是更加狂妄，变本加厉。东胡王听说冒顿的妻子年轻貌美，端庄贤淑，深得民心。于是，心生邪念，他竟然厚颜无耻地派人去匈奴，索要冒顿之妻为妾。

听到这个消息后，匈奴群臣无不感到羞辱与愤怒，大家发誓要踏平东胡。可是，来到冒顿帐中，只见这位匈奴首领强作笑颜，劝告群臣说："天下女子多的是，而东胡却只有一个。怎能因为区区一个女人而伤害与邻邦的友谊呢？"遂命爱妻打扮光鲜后随东胡使者离去。

待使者离开后，大家才发现冒顿单于的右手因为攥拳过紧而掐出了血印。是啊，匈奴人本来都很有血性，而冒顿单于身为匈奴首领，堂堂七尺男儿，却连自己的妻子都保护不了，又怎能不悲愤交加！可事已如此，群臣也只能纷纷上前劝说冒顿，不要过于悲愤抑郁，如果气得吐血而亡，可就太亏了。

只见冒顿锁紧眉头，从牙缝中挤出一句话：君子报仇十年不晚，此仇必报！随后，他平静下来，向群臣指明了东胡气焰嚣张的原因："东胡之所以敢三番五次地发起挑衅，就是因为其力量强大。一旦双方开战，实力悬殊，我们匈奴必败。他们就是看到这一点，才肆无忌惮地侮辱我们！我们只有内修实力，外理军事，才可图日后雪耻。"大臣们听了冒顿的分析后，无不按照他的要求兢兢业业地去壮大自己的实力。

东胡王轻而易举地得到了冒顿的宝马和爱妻之后，更加得意了。他认为冒顿懦弱无能，不足为患，也就松懈下来。于是更加骄奢淫逸，整日寻欢作乐，不理朝政，导致实力日益衰弱。而此时的匈奴经过冒顿及其群臣的精心治理，政治清明，兵精粮足，其实力已经相当雄厚，甚至超过了东胡。

时隔两年，东胡王第三次派人前往匈奴，索要两邦交界处方圆千里的土地。匈奴群臣们联想到以往两件事，不明白这次冒顿将采取何种态度，都低头沉默。这时，有人站出来试探地说："邻邦友谊可是重于一切，我们就把千里土地送给他们吧。"

谁知道话音刚落，冒顿怒发冲冠，拍案而起，义愤填膺地说道："土地乃社稷之根本，岂可割予他人！东胡王抢我宝马，霸我妻子。如今又要索我土地，实在是欺人太甚！现在天赐良机，我们要灭掉东胡，以雪国耻！"说完，就下令把前来索要土地的东胡使者杀了。

公元前209年，冒顿亲自披挂上阵，众人同仇敌忾。在东胡毫无防备之时，冒顿率精兵一举将其消灭。从而成就了匈奴在北方草原的霸主之位。

如果当时冒顿被夺马霸妻后一味地意气用事，凭着自己弱小的实力与东胡对抗，很可能会全军覆没，自己的政权也将被推翻。但是冒顿没有这样做，他先把个人的感情放在一边，将屈辱视为一种磨炼，把忍耐当作一种与敌人斗争和周旋的策略，通过曾经所受过的耻辱刺激群臣，鼓励群臣和百姓卧薪尝胆、发愤图强，先壮大自己，再出击抗敌，最终取得了胜利。

人生在世，随时都可能会受到强势的压迫或者暂时无法解决的困难。这时候一定要冷静地控制住情绪，不妨先收起自己战斗的武器，韬光养晦，默默地积蓄力量，把磨难当成自己发奋图强的力量源泉。直到自己的力量壮大或者条件成熟之时，再一举爆发，如此，才能够图谋长远之利。

弃城坚守为保城

汉景帝前元三年(公元前154年)一月,汉廷实行削藩政策。景帝下令削夺吴国会稽(约今江苏省东南部及江苏以南)、豫章(约今江西省)两郡——刘邦的侄儿刘濞苦心经营四十余年的成果眼看就要举手让人了。刘濞不禁拍案而起,大喊一声"欺人太甚",竟吓得手下几个侍卫战战兢兢。

其实,诸侯国与汉廷的矛盾已非一日。早在汉高祖时期,刘邦为了翦除异姓诸侯,便大大封赏同姓诸侯以抚慰天下。当时,刘邦立兄刘仲之子刘濞为吴王,刘濞兢兢业业,为汉王朝的经济发展做出了不小的贡献。至汉文帝时,朝廷又将一些诸侯国的领地缩小。

刘濞跟汉文帝还有私怨,事情是这样的:刘濞的儿子吴世子入朝,与皇太子刘启(即后来的景帝)博弈,因争棋路发生争执,皇太子抓起棋盘将吴世子砸死。太子因为一盘棋竟然打死了自己的嫡长子,而且一点没有道歉的意思,这使刘濞大为恼火。当汉文帝派人将尸体运回吴国时,刘濞愤怒地说:"天下一宗,死长安即葬长安,何必来葬?"又将灵柩运回长安埋葬。从此,刘濞称疾不朝。汉文帝自觉理亏,干脆准许他不用朝请。但吴王刘濞不但没有和好的意思,反而更加骄横。

到景帝时,诸侯王的部分封地已收归朝廷管辖。时至今日,他又要削藩,旧仇新恨集于一心,刘濞干脆一不做二不休,遂与楚王刘戊通谋,率吴、楚军准备先攻景帝之子刘武为王的梁国,随后联合各个诸侯起兵反叛,形成合围汉廷之势。

危急万分之际,汉景帝刘启想起了父亲文帝临终前的嘱咐:"我死后,如果有什么紧急事故,你可派周亚夫统率汉兵,平定乱事。"汉景帝忙把周亚夫从中尉晋升为太尉,率领三十六将迎击吴、楚叛军。

周亚夫风尘仆仆地到达淮阳,察明形势后,遂决定避开吴军的正面力量,暂时放弃保卫梁地,绕道武关,直趋洛阳。只有断绝吴、楚的粮道,才能制服这股叛臣贼子。

正当周亚夫按计划调兵遣将的时候,叛军正猛攻梁国。梁国告急,屡屡向周亚夫求援。对此,周亚夫置之不理,偏偏率军向东北方向进发;驻扎于昌邑城,挖深城池,坚守不出。

这下可急坏了梁孝王,几乎一天三封急件地向周亚夫请求。而每次周亚夫除了礼待来者,耐心听完求援之辞外,没有任何出兵的表示。任凭使者三寸不烂之舌如何了得,他只是"嘿嘿"一笑就没了下文。

这举动无疑激怒了梁孝王,他连夜上书汉景帝,控诉周亚夫见死不救。身为父王的汉景帝也有些坐不住了:"周爱卿未免有些过分,我儿子眼看要完了,如此紧急关头,怎么还能按兵不动呢?"遂下了一道指令,命周亚夫立即发兵救梁。

一纸加急文书传到前军驻地,周亚夫当着京城使者的面,厉声说:"将在外,君命有所不受。若不能铲除叛贼,周某甘愿一人承担罪责!"面对周太尉的固执,使者也只能干瞪眼。

其实,周亚夫心中早就有了计谋。他深知吴、楚军势虽盛,但远道而来,必不能持久。所以暗中派遣了精干的轻骑兵,迂回吴、楚军侧后,悄悄断绝了敌军的粮道。吴国军中缺粮,将士们都饥饿难忍,只好屡屡向汉军挑战,争取速战速决。而这正好中了周亚夫坚守不出、以逸待劳之计。

旷日持久的对峙让吴军急着想要寻找突破口。有一天,周亚夫又固守壁垒,跟手下们喝茶聊天的时候,手下报告吴王刘濞调兵遣将,已经围住了昌邑城,正在袭击外城的东南角。听完军情汇报,周亚夫又是"嘿嘿"一笑:"刘濞,你这招声东击西的伎俩岂能瞒得了我?你佯攻东南,实取西北!"于是,周亚夫调动汉营士兵悄悄加强西北角的防备。

不出一袋烟的工夫，吴国精锐部队果真猛攻西北角。周亚夫手下的兵将刹那间涌现在城头，矢石如雨而下。吴军士兵腹内空空，饥饿难当，本来就没什么力气，现在又被迎头痛击，士气自然一落千丈。纵使刘濞吹胡子瞪眼睛，亲自督战，部队也溃不成军，大败而走。

此时，只见高站墙头的周亚夫长剑一挥，早就准备好的一支精锐劲旅呼啸而出，追击吴兵。吴王刘濞见势不妙，马上抛弃大队人马，只率数千壮士仓皇逃窜。一直逃到丹徒县，建筑工事，龟缩自保。一个多月后，吴王被越国人斩下头颅，吴国叛逆彻底烟消云散。

三个月后，吴、楚等七国叛乱终于平定。汉景帝对周亚夫刮目相看，朝廷的文武百官更是啧啧称赞："周太尉当初的弃梁不战，当真是为了保汉平叛，确是神机妙算啊！"

七王之乱的平定，维护了西汉王朝的统一，对汉廷的中央集权起到了不可忽视的积极作用。

"以柔克刚，以静制动"是大家都知道的道理，但是真正用于战场上却需要有大智慧。这种策略必须建立在对战场当前形势和未来走势十分清晰的了解和分析的基础上。

周亚夫看似按兵不动，其实每天都在观察形势，积极思考。他一边加紧筹备，一边等待机会。同时，这种平静反而慌了敌人的阵脚，可谓是一举两得。

在双方对峙中，相比于对手，动的少一点的意思是"静气"多一些。只有摒弃了浮夸的躁动，才能在冷静中客观地分析局势，从而以静制动，后发制人。当我们在日常生活中遇到困难时，亦可借鉴此种智谋，学会战略性地投入自己的力量。

王后眼泪退匈奴

汉朝初建之时,因为忙于内政而忽略了对塞外民族的防御。汉高祖七年(公元前200年),匈奴冒顿单于带领四十万精锐人马趁机南下,勾结韩王信,一路势如破竹,一直打到太原,围住了晋阳。

这一年冬天,告急警报像雪片一样飞入关中。汉高祖刘邦决心"御驾亲征",他亲自率领三十二万大军抗击来犯之敌,不过,他的顶级谋士张良还没来,顶级战将韩信也没有来。 汉军进入太原郡之后,节节胜利,顺利打进晋阳后,刘邦相信了十余批出使匈奴使臣的情报,错误地估计了形势,认为匈奴不堪一击。谋士刘敬劝告他不要轻敌冒进,他就将刘敬抓起来监禁在广武城,准备凯旋后进行处罚,然后自己执意率领少量骑兵,孤军深入,大举进攻。

刘邦率骑兵先到达平城(今山西省大同市以北),此时汉军步兵还未完全赶到。冒顿单于见汉兵蜂拥赶来,便在白登山设下埋伏。刘邦带领兵马一进入包围圈,冒顿单于马上指挥40万匈奴大军,截住汉军步兵,将刘邦的兵马围困在白登山,使汉军内无粮草、外无援兵,不能相救。

刘邦发现被包围后,组织突围,经过几次激烈战斗,也没有突围出去。之后,冒顿率领骑兵从四面进行围攻:匈奴骑兵西面的是清一色白马,东面是一色青马,北面是一色黑马,南面是一色红马,企图将汉军冲散。不过,汉军也不是那么好对付的,结果,双方损失很大,一直相持不下。匈奴围困了七天七夜,也没有占领白登。

当时正值连日雨雪的寒冬之季,刘邦和将士们被困在山上没吃没穿,一个个饥寒交迫。汉军士兵不习惯北方生活，冻伤很多人，其中冻掉手指头的就有十之二三。但山上缺衣少粮，如果不能及时解围，恐怕刘邦就危险了，一旦没了刘邦，恐怕汉王朝也就危在旦夕，但众人对目前的危局，却都束手无措。

到了第四天的早上，刘邦和大将陈平正在山上嘹望，忽见山下一骑女兵奔驰而过。一打听，原来是冒顿单于的王后阏氏的护兵，莫顿单于对新得的阏氏宠爱有加，起兵打仗时便把她也带在了身边。眼看着骑马而过的女兵，陈平心里开始盘算：正所谓英雄难过美人关，冒顿虽然骁勇善战，却也不免被妇人美色所迷。这不正好给我军提供了一条生路吗？猛然间，一条妙计油然而生。

第二天一大早，大雾弥漫，只见从汉军帐中悄悄地出来一个人，携带了一车的宝箱物器，向匈奴王后的住处驶去。一路上，使者用黄金买通了匈奴将士，很顺利地便见到了匈奴王后。那一车的箱子打开之后，竟全是黄金和珠宝。阏氏毕竟是女流之辈，不仅见钱眼开，而且特别喜欢化妆品、饰品什么的。一看到那些精美别致的琉璃簪花，珠宝美玉，不禁心花怒放、爱不释手，假意推辞后便收下了。

看到时机成熟，陈平又呈上一幅美人图，说："中原皇帝恐怕匈奴大王不肯退兵，就准备将中原最漂亮的女子献给匈奴大王。这是她的画像，先请王后看看样子。"画轴打开，只见一个绝色美女娇柔倚立地跃然纸上：眉似初春柳叶，脸如三月桃花；玉纤纤葱枝手，一捻捻杨柳腰；满头珠翠，引得蜂狂蝶乱；双目多情，令人魂飞魄舞。

阏氏看得不禁也痴迷了进去。但随即心中一想，便妒忌起来，蓦然警醒：要是单于得了这天下第一号美女，我从此不就要被冷落了吗？这种事情绝不能发生！

于是，阏氏又恢复了王后往日的尊容，拿出一副傲慢的劲头一挥手，对使者说："这幅画就不用着给大王看了。请转告汉帝，我一定请单于退兵回去。"

当晚，王后见到冒顿单于，故意装出一副楚楚可怜的样子，含着眼泪说："听说汉军的几十万大军明天就要到了，臣妾知道大王定能取胜。可是，汉、匈相争，到头来拼个你死我活的，又能怎么样呢？即使你得了汉地，我们是游牧民族，人口又少，

怎么能守得住呢？听说汉朝皇帝是一个仁义之君，你一旦要伤害了汉朝皇帝，整个汉朝人都会以你为敌，到那时你可能要无法收场。再说，万一有个闪失，到时候我们就不能在一起享受现在这样的安乐日子了。我看还是放他们回国，一来减少今后的麻烦，二来可以送给他们一个人情，这不是两全其美的好事吗？"阏氏一边说，一边哭得越发伤心。冒顿单于平常就很怕老婆，哪里看得了爱妃的眼泪，又听老婆说得条条是道，就动摇起来。后来，冒顿单于又怕跟他合作的汉朝叛军对自己不利，就按照老婆的意思，打开了包围圈的一角，汉军趁着大雾，终于脱离了包围。

刘邦的一场大难就这样被对方"自己人"的眼泪化于无形之中了。尽管这次被围损失并不大，但是却给刘邦造成了不小的心理创伤。回国后刘邦尽斩先前进言匈奴可击的十几名使臣，并赦免刘敬，封为关内侯，食邑两千户，号称建信侯。

正所谓"功夫在诗外"，陈平这个应急措施虽然是不得已而为之，但也的确抓住了问题的关键：冒顿单于贪恋美色，对王后非常重视。这就是看似坚不可摧的铜墙铁壁的"软肋"，因为，王后对现在的形势可以产生重大影响。

找到了这个弱点，利用珠宝美玉贿赂王后，让王后使出"美人计"，对冒顿单于施加影响。最终，汉军不用一兵一卒就使困局骤变，不可谓不奇。如果没有匈奴王后的假意"施泪"，恐怕单于就不会那么容易动摇，汉军也就没有那个包围圈的一个口子可以利用。

在身陷困局时，要善于观察形式，抓住解决问题的关键环节。"蛇之七寸"是其关键，更是其致命的弱点。攻其弱点，往往可以达到事半功倍的效果。同时，应该引起人们警示的是：堡垒大多是从内部被攻破的。所以，加强防备的第一点，首先就是要从内部开始。

练箭迷敌搬救兵

东汉灵帝中平元年（公元184年）深秋的一个夜晚，寒风萧瑟，月影惨淡。都昌城笼罩在一片凄厉的杀气之中。城内，是已经被围困了近两个月之久的守城官军；城外，是黄巾起义军的管亥所部。旷日持久的两军对垒让城中所剩粮草仅能维持不到五天的时间了，在城头巡逻的兵士们也日益显露出疲惫的神情。

夜深人静之际，一个身影独立在窗口。守军主帅——北海相孔融眉头紧皱，凝视夜色，苦苦琢磨着破敌之策。孔融心里明白，再这样继续孤守下去，军中粮草眼看就要没了，到时不等敌军来攻，恐怕城内就自行先乱了起来。但如若强行突围，敌人兵力数倍于我，弄不好也会招致全军覆没。守也守不住，冲又冲不出，怎么办呢？看来，现在唯一可行的办法，只能是派人向素与我军友善的平原相刘备求援。

第二天，孔融向诸将说明了自己的想法，然后问道："谁愿突出重围去向平原相求救？"话音落地，却无人应答，因为都昌城被围得像个铁桶，就是会飞，恐怕也会被弓箭手射下来，谁都没有把握冲出去，这根本就是九死一生的任务。正在大家都愁眉苦脸的时候，侍卫报告太史慈求见。且说此人早年间受孔融敬重，其母一直被孔融殷勤瞻恤，甚比故亲。

太史慈进帐见了孔融，直截了当地说："恩公，此次出城求援的任务，请交给我吧！"

孔融甚为动情，却也放心不下："现今贼围甚密，众人皆说难以突围。你虽有壮志，但这始终是极艰难的事吧？"孔融也认为这基本是个有去无回的任务。

中国青少年智慧阅读书系

太史慈上前一步，拱手行礼道："昔日府君倾意照料家母，家母感戴府君恩遇，方才遣慈来相助府君之急；这是因为慈应有可取之处，此来必能有益于府君。如今情势已急，希望府君勿再疑虑。"孔融明白太史慈是要报答自己了，既然没有别的人选，也只能点头同意了。于是太史慈严装饱食，带上箭囊，摄弓上马，只等天明出城。

次日天刚放亮，被围困以来一直紧闭的都昌城门突然打开，同时，吊桥被缓缓放下。随即从城内冲出三骑射手，每人都背箭带靶，为首的就是太史慈。

这一举动立刻引起围城黄巾军的警惕。他们一边飞马报告主帅管亥，一边调动人马即刻进入紧急战斗状态。他们也预防着对方会出城求援，那时候没有电报电话等别的法子，要跟外界联络，城中人必须要从他们的包围圈中闯出去。可是，只见三骑射手出城没跑多远就跳下马来，走到城下一处堑壕里，各自插好箭靶，练起射箭来。习射完毕，又照直回城。自始至终只有他们三个人。

第二天早晨，都昌城门一大早再次大开，太史慈身后又跟了两人骑马出城。和昨天一样，三人各自置靶练箭。黄巾军见了，有些人稍微起起身，立在远处指指点点地议论起他们的箭术来；有些人则懒得动，躺在地上闭目养神。太史慈等人练完箭后，便一如昨天回到城内去了。两军阵前，相安无事。

第三天清晨，太史慈他们又骑马出城了，黄巾军兵士见他们带着弓箭，又如前两日的样子，眼皮稍微抬了一抬，就不愿再多看了，没有一人站起来注意这三名官军的动向。此时，只见太史慈他们快马扬鞭直突重围。

"哎呀，我们上当了。"等黄巾叛军发觉时，早已为时已晚。太史慈回头取弓箭箭无虚发，凡事追在后面的皆应弦而倒，因此无人再敢追击。

不久，太史慈抵达平原，便向刘备游说："慈乃东莱之人，与孔北海无骨肉之亲，亦非乡党之友，只是因为慕名同志而相知，兼有分灾共患之情义。方今管亥暴乱，北海被围，孤穷无援，危在旦夕。久闻使君向有仁义之名，更能救人急难，因此北海正盼待贵助，更使慈甘冒刀刃之险，突出重围，从万死之中托言于使君，惟望使君存知此事。"

刘备乃敛容答道："孔北海也知世间有刘备吗！"遂即刻派遣精兵三千人随太史慈返回都昌。黄巾军闻知援兵已至大惊，管亥亲自引兵迎敌。别看刘备人马虽少，但是有个绝世高手关羽。管亥跟关羽交手，不曾想数十回合就被关羽的青龙刀劈于马下。城上孔融见太史慈与援军一起赶杀贼众，如虎入羊群，纵横莫当，便驱兵出城。两下夹攻，黄巾军四下溃散而去。至此，数月之围终得解救。太史慈也因立下破黄巾功勋而倍得孔融器重。

正所谓兵不厌诈，在这里的具体体现就是"示假隐真"。太史慈有意向敌人展露极其"正常"的活动，实则却隐藏着非常之智谋。等到对方习以为常的时候，再突然快速出城，让对方始料不及。

若从管亥一方考虑我们可以看出，成败注注就在最不经意的一念之间。守城的士兵也太过大意，看到前两天太史慈都是出城射箭，然后便回去，就想当然地认为人家第三天也是如此。双方交战，如此没有警惕之心，被人耍弄也是正常的。

当然，要想做到迷惑对方而达到预期目的，就要做到假得自然，不造作勉强而顺其自然，只有这样才能让对方信以为真。此所谓："备密则意盛，常见则不疑，阴在阳之内，不在阳之对。"

在实际生活中，也有很多人会对某种现象习以为常，对事物未来的发展产生思维定势，不能正确判断。如同"温水里的青蛙"，当温水被逐渐烧开时才察觉，但是已经为时已晚。一个人，如果习惯以主观的自我思维定势去判断形势时，就很容易导致迷失方向。所以，在达到最后目标之前，无论已经占据怎样的优势，也应时刻保持警醒如初，这样才不会功亏一篑。

中国青少年智慧阅读书系

张飞诈醉擒刘岱

三国乱世时的公元199年，在曹、刘二人"青梅煮酒论英雄"后，刘备知道曹操难容自己，遂与董承等人同谋。其时，曹操派刘备与朱灵一起攻击袁术。刘备借此机会逃离许都后进军下邳，杀了徐州刺史车胄，以数万精兵与袁绍北连抗曹。曹操大怒，一面亲率二十万大军迎战袁绍，一面派刘岱、王忠二将打着丞相旗号讨伐刘备。

正值大雪纷飞的寒冬腊月，曹刘两军冒雪对峙于阵前。关云长跑马提刀同王忠首先交战，只几个回合，就将王忠活捉于马上，返回军中。

见二哥立了头功，张飞在马上已显得十分焦灼，立刻对刘备叫道："大哥，容我去把那刘岱活捉了来！"

刘备知道张飞是个粗线条，打仗很少动脑子，他希望张飞把刘岱活捉，而不是杀死。于是，刘备故意激将地说："刘岱也是一镇诸侯，三弟切不可轻敌。"张飞果然听不得别人说他"不行"，只见张飞一挑胡子，冷笑道："此辈何足挂齿？我一定把他活生生捉来。"

刘备仍然安坐于主将之座，正色道："只恐你鲁莽，坏了他性命。"张飞气得吹胡子瞪眼，向前蹿道："你也太看不起我了！如杀了他，我偿性命！"

军中无戏言，既已有言在先，张飞便领了三千兵马，扬鞭而去。曹将刘岱见王忠被关羽活捉，不禁胆怯几分，因此一直紧闭寨门、坚守不出。张飞率领士兵憋足了劲想捉住刘岱，但是人家根本闭门不出，连面都见不着，怎么能活捉呢？无计可施的张飞只好每天率众将在寨门前恶语叫骂，好不威风。刘岱知是张飞在外面等着自己，愈加不敢出战,任凭对方骂自己是缩头乌龟。

　　一连数天过去,刘岱仍然没有任何要出门迎战的样子。见刘岱不出、寨门不下,张飞的火暴脾气愈演愈烈,直气得拿起鞭子在军中巡视。本想借口鞭打士兵的张飞,在焦躁的一瞬间,忽然生出了另外一计灵感。

　　张飞拿着鞭子的手慢慢放下,然后传令全军当夜二更去劫击刘军营寨。然后,走入自己的营帐里,让手下抱来两坛浓酒,大碗大碗地喝了起来。直喝得酩酊大醉后,张飞走出营帐,然后故意寻找了一个帐前军士的小失误,喝令左右将其痛打一顿,并捆缚在营里,骂道:"哼,待我今晚出兵凯旋时,拿你的脑袋祭拜军旗!"

　　说完后,张飞便转身回营,然后悄悄指使左右故意放走了那个被打的军士。军士跑出寨门后心中倍感郁结,无缘无故被人找茬毒打了一顿,任谁都不会舒服。更何况,看样子张飞还准备砍他的脑袋。既然这样,干脆一不做二不休,投奔了刘岱算了。于是,这名军士便径往刘岱营中,密告张飞企图夜劫刘寨的情报。

　　刘岱听了张飞帐下这个小兵的诉说,又见眼前这个士兵被打得皮开肉绽的样子,便相信了他的情报,高兴地说:"好,今日叫张飞来尝尝我的伏兵味道。"于是传令部队全部撤出营寨,埋伏在寨外;只等张飞闯入,来个"瓮中捉鳖"。

　　二更刚过,只见举着"张"字大旗的军队兵分三路长驱而进。晚上黑乎乎的看不清楚,刘岱哪里知道,走在中间的一路兵马看似浩浩荡荡,实际上只有几十个人,他们的任务就是抢先闯入刘寨放火。而左右两路人马则抄到刘寨后面,单等火起为号,然后再夹击刘岱的伏兵。

　　到了行动的时候,张飞又亲率一支精兵包抄了刘岱的后路。中路的那三十人也抢入刘寨放火。刘岱的伏兵见大营起火,便大声喊叫地杀回寨内。这时,张飞的两路兵马才一齐出动,围杀刘岱伏兵。一时间,左中右三方兵马搅得刘军上下大乱,刘岱一时也不知张飞究竟有多少人马,士兵们一看对方来了个反包围,军心立马溃散。刘岱自率一支余部夺路而逃,正撞见张飞拦住退路。他哪里敢跟张飞正面交手,正要勒住缰绳掉头回避,却被张飞冲上来拦住。只一个回合,便被活捉了过去。见主

中国青少年智慧阅读书系

051

帅被擒,余众也纷纷缴械投降。

一骑快马将捷报传到刘备手中。刘备大喜,对身边的关羽说:"三弟向来粗鲁莽撞,不想今日也会用智作战了,我再也不必为他担忧了。"张飞回来得意地对刘备说自己也会用计,结果刘备说,要是不激你的话,你肯定会蛮干,哪里可能用计。

张飞采用兵不厌诈的智谋,故意大碗喝酒,诈作醉态。而无论是敌人还是自己人都知道,张飞性子暴躁,喝醉了经常发脾气打人。他这个坏习惯最终让自己送了性命,不过这一次,确实帮了他一个大忙,使他破天荒地开动大脑使用了一次计谋。

于是诈醉之下的张飞找了一个倒霉的士兵的茬,狠狠抽了人家一顿,"醉"虽然是假的,这顿打可是货真价实,还威胁要杀掉这位倒霉鬼。这样,心怀仇恨的士兵在有机会逃脱之后,很自然地跑去向刘岱告密。

有时候为了达到自己的目的,需要使用虚假的信息迷惑对方。但实际上,并不是越假越好,张飞此计告诉我们,半真半假有时比全是假的更具有欺骗性,混乱、片面的信息甚至比错误的信息更糟糕。自己的计策被对方了解得一知半解,注注比对方全然无知更能诱导其失误,从而为我方的胜利创造出更多的条件。

而张飞的"诈"就是先骗过告密者本人,再骗过刘岱。而刘岱也非常配合,他只看到那个倒霉的小兵情真意切地诉苦,看到他身上货真价实的伤口,却失去了辨别能力,认定一切都是真的。于是,刘岱虽然知道了张飞会来劫营,但都不知其劫营的具体的、真正的部署。张飞劫营不假,假的是劫营的方式,虚中有实,实中有虚,难怪刘岱会吃亏上当,当了俘虏。

古人常说:"三思而后行",这就告诉我们无论在做什么事情之前都要认真思考,不要盲目冲动,善于动脑子注注比善于动手更能占得先机,那些时常保持头脑高效运转的人,总是能够得到幸运女神的青睐。

曹操遥斩二袁头

拥有足以撼动天下兵马的袁绍在官渡遭到惨败之后，一直耿耿于心，最终积郁成疾，于建安七年（公元202年）呕血而死。此时，袁氏集团仍有很强的实力，如果能够知耻而后勇的话，也不是没有东山再起的机会。但袁绍的几个儿子却不成器，他们不能同心协力，共继父业，而是纷纷忙着各自扩充实力。其中以袁尚、袁谭之间的矛盾最为激烈。

曹操在大战之后，先让军队休整了一段时日，然后利用袁尚、袁谭之间矛盾冲突加剧的机会，渡过黄河，北上征伐。建安七年九月，曹军攻打屯兵黎阳（河南省浚县）的袁谭。凭着袁谭自己的力量根本无力抵抗，情急之下他只好向袁尚告急求援。次年二月，曹、袁两军大战于黎阳城下，结果，袁绍的下一代子弟袁谭、袁尚、袁熙、高斡（袁绍外甥）全部大败，他们只好放弃黎阳，退保邺城（河北省临漳县）。

这天，曹操召集诸将商议军情。在节节胜利的情况下之下，曹将纷纷请战追击，只有郭嘉出人意料地提出了停止攻击、南征刘表的方案。对此，郭嘉自有独到见解，他很有把握地解释说："袁绍生前最喜爱袁尚、袁谭这两个儿子，究竟立谁继业，一直没有定下来。而且他们手下分别有郭图、逢纪这分属两派的人作谋臣，肯定会让兄弟二人内争不断，最终相互分离，反目成仇。此时如果攻势过猛，他们一定会团结一致对付我们；假若暂缓进攻，他们就会为争权夺利而自相残杀。所以，我们不如掉头向南，假装去荆州讨伐刘表，以观其变。等到他们内部发生变乱、实力大降之后，我们再出兵击之，便能一举平定河北了。"

听了郭嘉的一番解析后，众人连声称赞，曹操也欣然采纳。于是在建安八年八月，曹操停止攻打袁家军，下令南征刘表。南下退军后，曹操留下贾信守黎阳，曹洪守官渡，自己回许昌，一路南下，作出进攻刘表的姿态。此时的曹操虽然挥师南下，却是一步三顾，时刻注意着二袁的动静。当曹军率军开拔到西平（今河南西平县西）时，便接到袁谭派辛毗前来请求投降求救的消息。

原来，事态正如郭嘉所料。

曹军南撤后，胆战心惊的袁谭、袁尚可谓大喜过望，他们立马忘记了手足之情，开始了对冀州的争夺。结果袁谭大败，而袁尚又领兵追至平原（今山东平原南），四面合围，对自己这个亲兄弟毫不手软。袁谭眼看城破将损，只好派辛毗向曹操投降并求援。

曹操见二袁果然如郭嘉预料的那样火并起来，心中万分高兴。在一番恩威并施的试探后，应允了袁谭的求降，并立即出兵救援。为了进一步拉拢袁谭，当年（203）十月，曹操还赶到黎阳与袁谭结成儿女亲家。袁尚得知曹军北渡黄河回来了，急忙放弃围攻平原，退回邺城。

建安九年二月，袁尚又出兵攻袁谭，留下苏由、审配守邺城。曹操乘机出兵，进军至洹水时，苏由率部降操，曹军乃直捣邺城。袁尚闻讯后不得不率主力部队回撤，救援邺城。但不料途中又遭曹军伏击，只得仓皇逃至岐山，后至中山。在曹操攻打袁尚时，袁谭便意识到曹操跟他结盟是个陷阱，暧昧的陷阱，于是想跟曹操说拜拜。不过这个人没什么脑子，做事情不讲究艺术，喜欢蛮干，主意一定，他就出手攻占冀州的甘陵、安平、渤海、河间四个郡。而这时候他的兄弟袁尚，由于被曹军一路追击，只好率残部逃亡幽州，依附次兄袁熙去了。同年（204）八月，一天晚上，审配的侄子审荣在守城时大开城门，迎接曹军入城。邺城遂破，审配亦被处死。

曹操腾出手来之后，就把袁谭当做了下一个收拾目标。曹操先写了一封义正言辞的信，斥责袁谭不服从朝廷管理，私自割据四个郡县，违背当年求救时的盟约，从大义上占了上风,然后又把袁谭的女儿送回去。随后就动了真格的,挥戈北进,进攻袁谭。袁谭初战不利,便退保南皮(今河北南皮县东北)。建安十年(205)正月,曹军冒着严寒进击,一开始由于天寒地冻、劳师远征吃了点亏,后来曹操亲自擂鼓助阵,终于一举攻克南皮,处死了袁谭、郭图。

至此,冀、青二州皆为曹操占据。随后,曹操又再次北上进击幽州的袁熙、袁尚。二人早已成惊弓之鸟,闻风逃奔至辽西乌桓。这样,幽州也就落入了曹操之手。曹操继续向乌桓进兵,逼得袁氏兄弟又去投奔辽东太守公孙康。这时候,曹操停了下来。曹营诸将向曹操进谏,要一鼓作气,平服辽东,捉拿二袁。曹操尝到了郭嘉此计的甜头,哈哈大笑说,你等勿动,公孙康自会将二袁的头送上门来的。于是下令班师,转回许昌,静观辽东局势。

公孙康知道袁家父子一向都有夺取辽东的野心,现在二袁兵败,如丧家之犬,投奔自己实为迫不得已。如收留二袁,必有后患,但如果曹操进攻辽东,还需要他们共同抵御曹操。当他探听到曹操已经转回许昌,并无进攻辽东之意时,就认为收容二袁有害无益。于是,设计将二袁杀了,派人送到曹操营中。

郭嘉精心谋画的巧平二袁之计,至此已经全部实现。这无疑为曹操日后问鼎中原奠定了坚实的基础。

 郭嘉此计,可谓"隔岸观火,坐收渔利"的典型。借敌人之手削弱敌人的实力,从而坐收渔人之利,这实在是一条统观全局的奇谋妙计。

 鹬蚌相争,渔翁得利,把握好以静制动的距离,利用矛盾双方在一定条件下必然发生转化的规律,在很多时候可以使我们的活动起到事半功倍的效果。

"牛皮糖""磨"掉的将帅星

在三国时期魏蜀两国长期对峙中,正是司马懿这个曾被讥讽为"缩头乌龟"的"恐亮一族",一次又一次地挫败了诸葛亮恢复中原的雄心大志,致使诸葛亮最终"出师未捷身先死,长使英雄泪满襟",一代奇才陨落五丈原,从而彻底浇灭了蜀国中兴的火种。

提到司马懿和诸葛亮这对夙敌,历史的视线主要聚焦在"六出祁山"时形成的僵局上。作为对手,最让诸葛亮头疼的就是司马懿那股软磨硬抗的韧劲。战争在很大程度上是一种后勤上的较量,诸葛亮劳师远征,当然希望早点消灭对手。但是司马懿就是以不变应万变,一个字"磨",他采取的"战略上防守,战役中固守"的决策让他相信最后的胜利必定属于自己,所以从不担心在战争过程中一次又一次的失败。

在蜀军六次挥师北上的拉锯战中,魏蜀两家互有输赢。而司马懿坚持既定的"橡皮糖"战略,你硬我软,你进我守,你撤我追;总之,万变不离一个"磨"字,我打不过你也要拖死你。六次战争,旷日持久的牛皮糖战术,生生拖垮了蜀国大军,磨掉了孔明这颗将星。且看六出祁山时的这场"妇孺激将法",司马懿是如何忍辱并反击的。

公元234年,蜀军34万兵马六逼祁山。诸葛亮先在上方谷用火攻司马懿,在司马懿差点葬身火海时,却不料突如其来下了一次大雨,因而功败垂成。诸葛亮可观星象,料事如神,但却没有料到这场雨,可见司马懿也是有一定的运气的。受了这次惊吓之后,司马懿变聪明了些,于是便关营阖寨、坚守不出。

诸葛亮一来粮草不足,想要速战速决;二来求胜心切,想乘胜追击,趁热打铁。所以,多次命人在魏寨前骂阵叫战,激怒魏军。但司马懿却冷静地认识到大败之后士气低落,交战不利于己方,因此采取"斗不过磨得过"的持久战略。

诸葛亮一看普通的激将法不成,心生一计,决定给司马懿来点"猛料"。他派遣了一位使者,如此这般地盼咐了一下。这位使者见到司马懿之后,说了这番话:

"在下参军杨仪,奉我家丞相之命,前来拜见魏国大都督。

丞相命在下,送来战书一封,礼物一件。

我家丞相说了,大都督大而勇,智而壮,立身巍如泰山,皮厚赛过城墙,水火不侵,喜怒无形,因此大都督你断不会迁怒来使啊。"

战书是这样写的:亮久慕仲达神勇,统领万众之师,不料君竟然萎缩首尾,苟全性命。藏于土窟之中,与女人何异。亮特此赠送巾帼艳服至,若不出战,请君拜而受之。

孔明送的礼物是一件"巾帼艳服",也就是一件女性时装!司马懿一看到衣服,脸色刹变,这孔明,不仅讽刺自己是缩头乌龟,还如此羞辱自己。但他马上又沉住气,虽心中大怒,表面却不动声色,装着一脸儒笑说:"视我为妇人耶?吾且受之。"妇人就妇人,有什么大不了的!我司马懿就是"不爱武装爱红妆",你能怎么地?

他热情地款待使者,故意不问蜀军虚实,只是打听诸葛亮每天睡几个小时,吃几碗饭,平时忙碌否。使者如实相告,回答说:"丞相夙兴夜寐",一大早就起来,晚上很晚才睡。"罚二十以上者皆亲览焉",打20板子以上的人都要亲自过问,事无巨细。"所啖之食,不过数升",每天就吃几升粮食。东汉末年这数升米饭也就相当于我们今日的五六两。

司马懿听后感叹说:"孔明食少事烦,其能久乎!"人是铁,饭是钢,身体是革命的本钱,司马懿就是等着拖垮诸葛亮的本钱。使者回到五丈原,传了原话给诸葛亮听。孔明一声叹息:"彼深知我也!"知道自己的激将法没有成功,只能跟司马懿"论持久战"了。

魏军那边，司马懿虽然忍得住，但是他的部下根本忍不住，自己的主帅如此被人侮辱，是可忍，孰不可忍，便纷纷请战。司马懿答应了吧，就中了孔明的计，不答应吧，恐怕将士们真地把自己当成胆小的"女人"。于是，司马懿为了保证自己权威和军心士气就故意上书请战，要知道古代战争都是将领临机决断，所谓"将在外，君命有所不受"。战机稍纵即逝，哪里还能派使者上书请战，一来一回再快也得10天半月，这样就达到了拖延的目的。

诸葛亮没有激怒司马懿，反被其所影响。自从听了使者回话后，他"自觉神思不宁"；而司马懿则气定神闲地耐心等待。他知道，诸葛亮如此操劳，又吃的少，睡不安，肯定时日不多了。

果然，如油灯耗尽最后一滴，纵使诸葛亮再用祈禳之法企图延寿，终究也抒发不了"出师未捷"的惆怅，不久就发病死在了五丈原。司马懿不费一兵一卒就取得了最后的胜利，真是"不战而胜"。

面对诸葛亮这个神话般的人物、智慧的化身，司马懿毫无畏惧，他忍受侮辱，坚持到底，显示出一个谋略家的卓越见地。

"以柔克刚"的本质就在于，最坚硬的东西只有用柔软的才能化解，因为已经再没有比其更坚硬而能制伏它的东西了。这里的"柔"，是智慧与修养的结晶，是需要长时间修炼才能拥有的。

在遇到不利于自己的情况时，不可逞一时之气，大丈夫能屈能伸，能刚能柔。不要逞匹夫之勇，而应该审时度势，深谙何时该忍何时出击之道。在拥有不屈不挠、顽强斗争的勇者精神的同时，胸中要有大志，要有甘于隐忍的韬略。做到"卒然临之而不惊，无故加之而不怒"，才是真正的英雄本色。

被美言捧上断头台

两晋末年，晋国大司马兼幽州都督王浚企图谋反篡位，当时他的手中有鲜卑、乌桓等部的强大军事力量。不过，由于王浚不得人心，又宠信枣嵩、朱硕等贪横之人，各部先后背叛了王浚，加上幽州连年遭受蝗灾和旱灾，军队的士气也受到了极大的影响。大将石勒在得知准确消息后，打算率部消灭王浚的军队。然而，王浚多年积攒下来的兵将势力，恐非石勒一时可以拿下的。

于是，石勒准备派使者到王浚手下探听虚实，适逢军师张宾生病，他前往探病，请教张宾有什么看法。

张宾说道："王浚名为晋臣，实际上却是想自立为王，只是怕天下英雄对他不服。将军威振天下，如今仅仅派遣使者，难以让人看出你的诚意，久而必然生疑。将军要对王浚有所图谋，却让他觉察到你的想法，那可就难以达到目的了。"石勒便点头称是。

于是，石勒命人拿来笔墨纸砚，亲笔书信一封："我石勒只不过是个小小的胡人，遭遇乱世饥荒逃亡到冀州，聚集些人马，也只是为了保全性命。而今晋国国运已衰，中原无主，百姓无所依靠。殿下是四海英雄仰慕的明公，能当帝王的恐怕除了您就再也找不出第二个人了。我之所以舍弃生命，兴义兵、诛暴乱，就是为了给殿下扫除障碍。切望殿下能应天顺时，早日登上皇位。"然后，又派了手下王子春等人带了大量金银财宝，给王浚的宠臣枣嵩送去。

此时，王浚正在为内部一些人的背叛而发愁，忽然听说石勒愿意归附，自然大喜过望。但他毕竟也是久经沙场的统帅，并没有马上就消除了心中的疑虑，故作姿态地对王子春等人说"石公也是一世豪杰,占据着北方的许多土地,可以成鼎峙之势,为什么唯独要对我称臣?"是呀,石勒自己干的好好的,忽然要投靠自己,怎么也得有个合理的理由吧。

早有准备的王子春拱手上前,一脸卑恭地回答说:"石将军确实如您所说的那样英明能干、力量雄厚,但与明公相比,就好像月亮比太阳,江河比大海啊!自古以来,帝王就是不可以用智慧和力量夺取的,如果强取,就一定为天人所不容。当年项羽、公孙述也曾称霸天下,却最终身死兵败,这些都是石将军的前车之鉴。自古胡人只有做名臣的,而无做帝王的。石将军并不是不喜欢当帝王,而是因为深知此理,也是顺应天意啊!还望明公不要多疑。"总之,王子春使劲给王浚戴高帽,以消除他的疑虑。

一番美言说得王浚心里飘飘忽忽,喜不自胜,早把"捧得越高,摔得越惨"给忘了。于是,王浚便封王子春等人为列侯,派使者带了土特产和财物给石勒作为回报。

不久,王浚的部下有个名叫游统的人,是王浚的司马,坐镇范阳(治今河北涿县),派使者去见石勒,想私自归附石勒,伺机谋叛王浚。却万没有想到那使者反被石勒所杀,然后,石勒命人将游统的首级送给王浚,以示忠心。如此,王浚对石勒就更加放心了。

王子春、董肇二人在蓟城留居几日,明察暗访,探悉幽州的情况,随后便回襄国,向石勒禀道:"幽州去年发大水,百姓无粮可吃,王浚囤积谷粟百余万斛,却不赈济灾民,刑罚政令苛刻严酷,赋税劳役征发频繁,忠臣贤士内离,四方蛮夷外叛。人人都知王浚将亡,而王浚不察,洋洋得意,并无惧祸之意。反而大兴土木,建筑高楼大厦,又设置官署,布列百官,自以为汉高祖、魏武帝都不能与他相比。"

石勒手抚几案,大笑道:"王彭祖真可擒也!"于是加紧训练军士,整顿器械,做好偷袭幽州的准备。

一年之后,即公元314年,王子春等人和王浚的使者一起回到襄国。石勒把他的精锐部队和优良的武器装备全都藏匿起来,让王浚的使者看到的尽是些空虚的仓库和老弱士兵。石勒对使者毕恭毕敬,面朝北方向他行礼;又恭恭敬敬地把王浚送给他的一个麈尾高挂在墙,早晚向它叩拜,说:"我不能见到王公,现在见到王公的赏赐就跟得以面见一样。"使者临行前,石勒再三叮嘱让其转告王浚,约好日期亲自去幽州,向其奉上皇帝的尊号。

使者回命报告说:"石勒兵马很少,力量微弱。款待卑职时也热诚真挚,毫无二心。"王浚闻听大喜,完全相信石勒,对他再也没有了任何防备。

当年三月,石勒的精锐部队抵达易水。王浚的督护孙纬派人飞报王浚,同时准备迎战。手下将领都请求出击石勒,王浚却大怒道:"石公这次前来正是要拥戴我,谁再敢说要出击石勒,必定斩首不赦!"

就这样,石勒带兵到达后,高喊守城官兵大开城门。城门打开后,没想到一时间几千头牛羊却先入了城。王浚得知后,初感蹊跷,随后坐立不安,不知如何是好。

原来,这是石勒为了防止城内设有伏兵而采取的小计谋。他命人先驱使几千头牛羊入城,声称是给王浚的薄礼,实际上却是要堵塞大街小巷,使王浚无法发兵。

越来越害怕的王浚不觉也慌了手脚,可还没等他想出主意,石勒已经升上了公堂,命人把王浚抓来。这时,石勒才指着王浚大声怒斥道:"你身居高位,手握强兵,却听凭京城陷落,不去救援,一心只想自己称帝。今天落得这个下场,真是罪有应得!"说完就命手下将王浚押解回襄国,后在襄国街市上被斩首。

其实若论当时的实力,王浚和石勒不相上下。但石勒善用智谋,以"瞒天过海"之计给王浚软弱、可靠的假象,使对方放松对自己的警惕,从而轻而易举地进入王浚的腹地,生擒叛军。这和"欲取先予""欲擒故纵"有异曲同工之妙。

欲速则不达,急于求成显然是不明智的选择。处理任何事情都要学会掌握和控制好节奏。要想达到某一目的,横冲直撞并不一定能获得最好的效果。只要把握住"予"可"收","纵"能"擒",最终大都能收取表象背后的大收获。

"唱筹量沙"拒大敌

南朝宋文帝刚刚继位时,朝廷大权不在他的手上,而是掌握在徐羡之、傅亮的手中。此时文帝虽然才16岁,但是却已经非常的狡诈了,他找了个理由,逼着徐羡之畏罪自缢,接着又把傅亮抓起来杀掉了。另一个大臣谢晦得知文帝要拿自己开刀了,便率三万人在荆州造反,檀道济得知后,便从广陵回到建康,他对文帝说:"谢晦老练干达,富有谋略,我过去与他同从武帝北征,入关十策,有九策出于谢晦胸中。但他未曾率军决胜于疆场,戎事非其所长。若陛下信任,可让我衔命征讨,可一战擒之。"

文帝听后非常高兴,便派檀道济征讨叛军。大军溯江西上,击溃了谢晦。檀道济因为平乱之功,被封为征南大将军,任江州刺史。总揽了朝廷的军政大权,不过檀道济把权力都交给了文帝,自己专心地带兵,这也使得文帝得以执掌大权。

南朝宋文帝元嘉七年(公元430年),征南大将军檀道济奉命率众攻伐北魏。当时北魏大军西征柔然,国内空虚,因此宋军到达前线后,魏军纷纷主动撤退,宋军兵不血刃地拿下洛阳、虎牢等失地。后来魏军主力杀回,洛阳、虎牢又先后失守,宋军主力退驻滑台。两军在前后二十多天的时间里面连战了三十余次,打得两败俱伤。檀道济率军进抵历城(今山东济南)后,北魏军叔孙建又率军来骚扰,遭到两路夹击。在一次激战中,魏军用轻骑绕过宋军的主力,烧掉了宋军粮草。断了军粮,军心不定,檀道济也没法维持,便只能从历城退兵。

不料,此时檀道济手下有一名士兵投降了北魏,将宋军缺粮的这一重要情况据

中国青少年智慧阅读书系

实泄露给了对方。魏军闻讯,立即决定追赶,企图一举歼灭道济大军。

一边军中无粮,一边敌军将至,檀公之师陷入了进退两难的境地。檀道济在军营巡视,看见士兵因为吃不饱肚子而怨声载道,他心里也十分着急。是啊,眼看就要断粮,魏军又步步紧逼,总得想个退兵之计呀!凭着他丰富的沙场经验,檀道济断定敌人此时正在虚实难辨的犹疑之际,于是一条计谋油然而生。

这天晚上,道济军的营帐之外燃起了无数火把,征南大将军正指挥数千名士兵往空米袋里装东西。一边装,士兵们一边高声数着:"一斗、二斗、三斗……"另有一群士兵来来往往,把米袋一会儿搬到东一会儿运到西,看上去像是在分粮食。就这样忙忙碌碌了多半夜。

时间过得很快,眼看天就要大亮了。檀道济命令士兵把一袋袋"斗粮"陈列在帐外,袋口故意敞开着,上面覆盖少量的米,看上去就像是一袋袋粮食。

此时,魏军中早有人把宋军半夜分粮的事报告给了主帅。主帅很是疑惑,忙盼咐探子去查个明白。天刚亮时,几个魏军的探子就打扮成老百姓的模样来到宋军营帐前。只见一袋袋的粮食摆在那里,几个伙夫正从上面挖出来做早饭。见到这样的情景,几个魏探慌得手足无措,几乎是连滚带爬地回到魏军驻地报告。主帅一听,心里暗想道:"檀道济一向诡计多端,分明是军粮足够,却叫士兵来诈降,谎报粮草已绝,让我们紧紧追赶他们,到时候他再突然来个回马枪。我可要倍加小心。"想毕,喝道:"来人啊,把那个来诈降、谎报军情的宋兵推出去斩了!"

檀公命令士兵"唱筹量沙",高声计着数称量沙子,以沙充米,装作存粮充足。敌方闻声,疑心宋军并不缺粮,遂不敢发动进攻。到了天色发白,檀道济命令将士戴盔披甲,自己穿着便服,乘着一辆马车,大模大样地沿着大路向南转移。魏将被檀道济打败过多次,本来对宋军有点害怕,再看到宋军从容不迫地撤退,吃不准他们在哪儿埋伏了多少人马,不敢追赶。此次大战,檀道济还是无功而返,不过靠着他的镇静和智谋,还是保全了他率领的宋军,使其安全地回师。北魏太武帝拓跋焘得知刘宋方面还有檀道济这样一位人物,便再也不敢轻易进攻刘宋。

檀公之所以能顺利解厄，正是因为他全面地掌握了敌对双方主观客观的情形。在自己不利之时，他能冷静清醒地想到敌方也有不利之处，那便是对方一定会怀疑降卒的报告是否真实。为此，檀道济设下妙计，用唱筹量沙的办法让对方听到、看到自己还有足够的粮食，从而对那个冤死鬼降兵产生怀疑，对自己即将要进行的撤退疑神疑鬼。

檀道济牢牢地抓住对方的心理，"扬己之长，扼敌之短"，用"虚张声势"的攻心计谋，凭借过去交战的威勇和彼时用谋的机智，充分调动己方的主观能动作用，牵住敌人思路的鼻子，终于让敌人认定了他们的疑惑。檀公取攻心为上策，让一切有利因素发挥作用，终于在处于兵力、粮食、军心等多种劣势的情况下，保存了实力，抵御了常人看来难以抵御的困难，胜利地完成了拒敌重任。

每个人都可能会有身陷困厄的时候，虽然事物变化不可捉摸，但对于一个充分了解和认识其本质规律的人来说，就不会被困厄拴住手脚。一样东西，注注是因不了解而觉可怕。所以，当遇到困厄时，能看到自己，也看到对方，看到困境之内，也看到困境之外，看到现在，也看到过去和将来。这样就不会像井底之蛙一般惊慌失措，而是沉着冷静地解开缚住自己的绳索，重新获得自由。

李世民巧设疑兵

隋炀帝时，北方的突厥族始毕可汗的力量日益强大起来。始毕可汗在接替汗位后的最初几年还像父亲在世时一样，每年都向隋朝请安贡礼。可是，隋炀帝杨广见始毕可汗的部众逐渐强盛，担心他威胁边境安全，就想分散瓦解始毕可汗的势力。

此时，便有大臣向隋炀帝建议把一位公主远嫁给始毕可汗的弟弟叱吉，并立叱吉为南面可汗，以此来分化削弱始毕可汗的势力。但此事不久便被始毕可汗知晓，他弟弟不敢接受，遂未成行。后始毕可汗手下得力大臣又被隋朝大臣诱骗杀死，就更加激发了始毕可汗的对隋朝的怨恨，从此突厥不再入朝进贡。

隋大业十一年（公元615年）八月，始毕可汗趁隋炀帝出巡北方边塞之时率领数十万人叛乱，把隋炀帝包围在雁门。雁门共有四十一城，其中已有三十九城被突厥攻破，只剩雁门和崞县。守卫崞县的是杨广的次子齐王杨口，在隋炀帝拼命向雁门城奔逃时，他带领着一支军队勇敢殿后，死守崞县，分散和牵制了突厥的一部分兵力，替危如累卵的雁门城减轻了压力。

当时雁门城中共有军民十五万人，粮食只够支持二十天。面对岌岌可危的局势，成为瓮中之鳖的隋炀帝又惊又怕，抱着不满十岁的幼子杨杲（gǎo），哭得"目尽肿"。最后还是被身边将士劝住，并请其亲自抚慰官兵，激励士气，坚守待援。隋炀帝只得一方面深入军中鼓励官兵努力奋战，告知凡守城有功者一律赏财升官，并且宣布不再征伐辽东；另一方面把诏书绑在木头上抛入汾水之中，让它顺水漂流，招募救兵前来救驾。

当时,任山西河东慰抚大使的李渊之子李世民,年方十六岁,于河中拾得诏书,便决心应诏前去救驾。李渊是隋炀帝的姨表兄弟,这样算下来,李世民算是隋炀帝的表侄。

李世民找到屯卫将军云定兴,对方喜出望外,以为自有高手来救。不曾想来者竟是一个毛头小伙,不免轻视失望起来。而且他们自己手里才有一万兵马,这个"驾"不好"救"。

李世民则没有顾及过多的冷落,反而一板一眼地对云定兴说:"始毕可汗之所以敢把皇上包围起来,是因为他认为中原一时之间不可能有救驾的援兵。而我们现在与突厥的兵力相比,也的确显得过于单薄。真要对阵,恐寡不敌众,我们非但救不了驾,反而很可能全军覆没。现如今,我们只有虚张声势,诱骗敌军。"

云定兴瞪大了眼睛听这少年颇有把握的陈述,不禁大为吃惊,半晌才缓过神来,连忙追问道:"你有什么具体的好方法?"

李世民进而详细说明:"将军要在行军队伍中多多增加旗号和鼓角,把部队的行列拉长。白天军旗挥舞,几十里不断,夜晚鼓角相应。这样布以疑兵,使突厥认为我们援救的大军已至,他们必定会望风而逃。"

云定兴采纳了李世民的谋略,军旗、鼓角悉数准备,下令队伍尾随前进;白天大张旌旗,使之几十里连绵不断,冒充到处都有部队驻扎,夜里则派一群鼓手到处拼命敲鼓、吹奏号角,让突厥以为大批援军已经到来,即将发起总攻。

这队救驾的援军刚到雁门城外十几里时,就被突厥的侦察兵发现了。他们看到前后几十里不断的旗鼓,心中慌乱起来,马上飞报给始毕可汗,说隋帝的救援大军正向雁门进发,前锋已至几里地以外。始毕可汗大惊,自己这么多人马乒乒乓乓打了一个多月都没有把城攻下来,已经损失很大了,如果再来这么多援军把自己包了饺子,那岂不糟糕?他自感中原大军的浩荡难敌,便立即下令全军撤退。

就这样,16岁的李世民以虚张声势之计吓退了敌人,一解隋炀帝的雁门之围。

虽然对于战场形势没有起到过多实质作用，但李世民的随机应变、足智多谋已初露峥嵘。

面对十八倍于自己的敌军，李世民没有傻乎乎地凭着一腔热血冲上去拼命，而是"打肿了脸充胖子"，利用"虚张声势"这一示敌以强的计谋，夸大自己的兵力，给始毕可汗制造沉重的心理压力，从而吓走了敌人，解了隋炀帝之围，这不能不说是一条很巧妙的计谋。

虚张声势这一智谋与"树上开花"相似，即树上本来没有盛开的花朵，但可以用彩色的绸子剪成花朵粘在树上，以视真花，若不仔细察看，是很难分辨出真假的。李世民果敢地运用了虚张声势的计谋，借以成功威胁、恐吓了敌人。这与假痴不癫的示弱相反，是一种故意示强。在自己力量较弱的时候，可以借助某种因素制造假象，使自己的阵营显得颇为强大。这样的勇气不得不让人们称赞！

有时候，生活中的难题错综复杂，在尚未准备充分时，我们可以学着布置假情况，巧施迷魂阵，以"虚势"来慑服甚至击败困难。另一方面在面对看似强大的对手或者无法解决的困难时，不妨剥去对方"虚张声势"的外衣，告诉自己一切难题都是"纸老虎"，从而坚定自己的信心。

老弱残兵的奇袭大败

1 756年1月,安禄山在洛阳称大燕皇帝。叛军开始着手攻打潼关,由崔乾佑负责指挥。潼关守军虽然在兵力上占优势,但多是未经训练之兵,战斗力与叛军无法相提并论,且主将哥舒翰又重病在身,于是选择了固守。

安禄山的手下大将崔乾佑为了将唐军诱出,制造了种种假象,他把精兵都隐藏起来,只留一些老弱残兵在外招摇,还到处散布所谓陕郡叛军只有4千,且缺乏训练,不堪一击的谣言。很快,这些明眼人一看就是"谎言"的军事情报就传到了宰相杨国忠和唐玄宗李隆基这两个军事门外汉耳朵里。

于是,迫切地想夺回洛阳的唐玄宗不听大将郭子仪、李光弼的劝谏,派镇守潼关的兵马副元帅哥舒翰出兵讨伐崔乾佑。

接到诏命后的哥舒翰心中大惊,以几十年的从军经历他深知,这绝对是安禄山所设下的陷阱。安禄山几欲攻破潼关而未果,岂能不作守御之备?应该说,越是表明上羸弱不堪,其中暗含的阴谋越大。然而,催促哥舒翰出关的使者接二连三、络绎不绝。哥舒翰知道,自己最终是不能违背这道皇命的。无奈之下,他极不情愿地率领20万大军挥师陕郡。

本以为崔乾佑部南靠高山、北临黄河,必然会在70里长的隘道险要之处布满精兵强将,虎视眈眈。但令哥舒翰没有想到的是,他率领随从策马观察敌情,远远望去,只见崔乾佑所带兵员甚少,山头可见之人不过一万余众。而且那些士兵十个一群、五个一簇,零零星星,散在阵前游走。他们嘻嘻哈哈,有的疏散开,有的挤一块,有的向前冲,有的向后退,一副稀拉散漫之状。哥舒翰的部下见了,掩口讥笑:"这样的散兵游勇也能打仗?"都起了轻视之心,其实,哥舒翰的部下虽有20万之众,也都是些没经过多少训练和实战的新兵。

这时哥舒翰甚至也怀疑起自己原来的判断,对叛军的力量和声势可能估计过高了,也许朝廷的情报更准确,想到此他甚至对战事产生了一丝乐观情绪和某种胜利的幻想。在众将再三的请战下,哥舒翰大臂一挥:各路大军,齐头并进!

锣鼓一响,双方交战,双方刚交手,前方的贼兵便倒旗做出要逃跑的样子,官军放松了警惕,不加防备。很快,崔乾佑部的旗帜就倒下了,叛军败退而去。哥舒翰的部下见状,马上高声呼喊紧追而去。不知不觉中,渐渐进入狭长隘道。正当时,崔乾佑埋伏在山头后面的重兵突然杀出,喊声四起。一时间,高处扔下的木块石头像暴雨一样砸得官军惨叫不止,死伤无数。隘道狭窄,官军手中的长枪长矛也再不能施展开来。

哥舒翰心急如焚,忙命将士用马拉着毡车在前面奔撞,想以此冲垮敌人。此时已过中午,突然东风狂作。崔乾佑冷笑一声,右手朝后一招,几十辆装满稻草的车辆风驰电掣般推出,直堵塞住了毡车的去路。一把火点燃干草,火借风势片刻间烧着了毡车。浓烟遍布隘道,熏得官军睁不开眼,难分敌我,自相残杀。

这样自己人砍自己人不是办法啊!于是,大家就朝浓烟里射箭,就这样拼杀到天黑,官军的箭统统射光,而隘道的烟雾里却忽然没了敌人的踪影。正在诧异间,只听得背后传来排山倒海的杀声。原来,崔乾佑早就调派将领,带着精锐骑兵绕过南山,从后方偷袭官军。官军腹背受敌,刹那间,有的丢盔弃甲逃进山谷,有的互相拥挤跌进黄河淹死,惨叫声震天撼地。

崔乾佑率军乘胜追击。官军后援部队见到前面惨败,纷纷自行溃散。黄河北面的唐朝守军目睹此景,也都望风披靡、不战而逃。哥舒翰见兵马节节败退,大势已去,一声仰天长叹"天负我也!"后,赶忙率领数百人落荒而走。

败兵如潮,哥舒翰就在首阳山西边渡过黄河入关。这年6月9日,崔乾祐进攻潼关,城中守兵无多,叛军顺利入城。哥舒翰守不住潼关,来到关西驿,贴出告示,召集逃散的士兵,想重新夺回潼关。

他手下的蕃将火拔归仁率一百多名骑兵包围了驿站。他们把哥舒翰的脚系在马肚子上,连那些不愿投降的将军们,都捆起来挟持东行,投降了安禄山。一代骁将也只能沦为阶下囚。

此役,唐朝20万兵马全军覆没,军事重镇潼关失守。以至于都城长安震惊,失陷在即。

《孙子兵法》上说:"我方先占领,对我方有利;敌方先占领,对敌方有利,这种地区叫做必争之地。"潼关就是这样的地方,易守难攻,历来是兵家必争之地。占领了潼关,安禄山就占有了优势,失去了潼关,唐王朝在战略上就处于非常不利的地位。

但是,要拿下潼关并不容易,要拿下潼关,必须先解决那里的20万守军。但是唐军如果坚守不出,利用险峻的地形和坚固的工事,叛军要正面硬撼无异于以卵击石。无疑,引他们出来加以歼灭是最好的方式。

崔乾佑巧用计谋,主动向对手示弱,让堂堂官军以为区区叛军定没有与之为敌、与之抗衡的意图和能力,从而让官军解除了戒备,"诱发"了唐玄宗轻敌、求胜的心理,一意孤行直至冒进军败。潼关失守,甚至可以说是导致整个唐王朝自盛而衰的重要原因。

俗话说"打蛇要打七寸",解决任何问题,都要把握好关键点,解决好主要矛盾。为了解决关键问题,可以利用各种有利因素,使用各种办法。解决了关键问题,其他问题也就迎刃而解了。

上元灯节过天险

广源州在邕州西南,是郁江的发源地,这里崇山峻岭,地势峭拔险要,盛产黄金、丹砂。这里的少数民族英勇善战,好斗而不怕死。侬氏、黄氏、韦氏、周氏为当地大姓豪族,他们东攻西掠,相互仇杀,骚扰一方。早在唐代时,邕管经略使徐申就以绥抚政策招抚了这些部族,使得边陲十三部、二十九州的少数民族部落都安定了下来。

唐末,交趾占据了安南,广源州实际上已听命于交趾。侬氏家族世代为广源州的首领,宋时他们的势力愈加强大,首领侬全福要求依附宋朝而被拒绝。不久,侬全福被交趾太宗李德政所杀。他的儿子侬智高逃到了雷火峒,占据了傥犹州,建立了"大历国"政权。恼怒的交趾进攻傥犹州并抓获了侬智高。为了拉拢他又免去了他的罪过,给他担任了广源州知州。

四年后,侬智高又袭击并占据了安德州(今广西靖西县),建立"南天国"政权,改年号"景瑞"。这期间,他招纳逃亡罪犯,壮大势力,开始了对内地的不断进扰。

庆历八年(公元1048年),侬智高上书北宋朝廷,要求归顺,并提出要朝廷封他为邕桂节度使职位,但朝廷不允。这时的侬智高,被北宋和交趾两面夹击,腹背受敌。侬智高再次上表北宋朝廷,愿意每年进供物产,但是,仍然遭到了北宋朝廷的拒绝。侬智高又以驯象、金银来献,朝廷仍然拒纳。侬智高不死心,再次制金函上报,要求归顺。不料邕州知州陈珙将金函扣压,没有上报。

北宋皇佑四年(公元1052年),侬智高觉得归顺北宋的事情已经指望不上了,于是发动叛乱,自恃称帝,建大南国。他先自焚巢穴,欺骗部众,后率大军沿江东下，并迅速占领广南九郡，进而包围广州。北宋朝廷讨伐军官兵则屡战屡败，形势十分危急。

此时，大将狄青主动请缨，面见仁宗皇帝。只见七尺男儿一抱拳，立下豪言："我是士兵出身，不作战讨伐就无法报答国家。但愿能够带领数百名藩落骑兵，再加些禁军，就一定可以擒杀贼首，献俘阙下。"仁宗皇帝被狄青的豪言壮语所感动，遂任命狄青为宣徽南院使，统领三万军队，由开封南下征讨。

兵至宾州（今广西中南部的宾阳），一道"南方天险"横亘在狄青大军面前，这就是位于南宁东北角几十千米处的昆仑关。此地山谷巍峨峻险，峰峦对峙，坡深崖陡，绵亘不绝，历来是兵家必争之地。而这次也被叛军侬智高作为抵抗北宋大军的"杀手锏"。

此时正值农历正月十四，明天就是元宵节了。狄青便令全军大张灯烛，设宴作乐。并故意公开宣布十五日宴请将佐（高级军官），十六日宴请从军官，十七日宴请军校（各级文官）。见军营中张灯结彩，一片喜气洋洋的节日景象，侬智高派来的密探便飞报传书，告知狄青军大宴作乐，一时不会进兵。因此，昆仑关上的守军不禁麻痹松懈起来。

且说这边狄青宴请诸将，第一夜与高级军官开怀畅饮，闹了个通宵，营内一片狼藉。

第二夜时，二更鼓刚敲过，狄青忽然呕吐起来。随从人员连忙把他扶到内室休息。

过了一会儿，从内帐中走出一位狄青的亲信军官，只见他举起杯来说："大将军正在服药，让我代表他向诸位表示节日的问候。"没过多久，狄青又派人代他向各位文官致意，并叫大家畅饮无束。就这样，狄青派来的人不断劝酒，大家喝得也是兴致浓浓，一直到四更时分宴会还没有结束。

天蒙蒙亮时，一阵马蹄声敲破了清晨的沉寂。一个骑兵飞身下马，奔到军营，手中扬着一封捷报，向还在饮酒的文官们报告道："狄将军已拿下了昆仑关！"

文官们一个个又惊又喜:哎呀! 狄将军刚才还在这里与我们痛饮,怎么神不知鬼不觉地就斩将夺关了呢!

原来,托病入帐的狄青随后立即点齐军马,率部快马加鞭,直扑昆仑关。侬智高守军接到谍报后知道狄青正在饮酒作乐,又赶上当夜暴风骤雨,以为狄青必不会来,就没有在昆仑关布兵设防。如此,狄青大军不费吹灰之力地就攻占了昆仑关。

见天险已失,侬智高率全部兵马在归仁辅与官军摆开阵势,做最后的决战。狄青亲自舞动令旗,从左右两翼冲出,包抄敌后。一时间,叛军被杀得落花流水,狼狈逃窜。官军迅速逼近邕州,侬智高自知难以固守,乘黑夜纵火烧城逃遁,由合江入大理国,不知所终。狄青遂收复邕州城,彻底平息了叛乱。至此,北宋南部边疆得以巩固。

狄青利用元宵灯节这一"天时",巧妙地转移了敌人的注意力,略施"金蝉脱壳"之计,像孙悟空一样看似人在原地,实则"灵魂出窍"早已战于千里之外。出其不意,攻其不备,一举拿下了天险之关。

注注在对方最为漫不经心、不以为然的时候,便是发起突击最有利的时刻。而这样的机会恰恰是决胜的关键,一定要把握住。

英国的培根曾经说过:"只有愚者才会等待机会,而智者则制造机会。"机会是自己创造的,哪怕是那些看似"不可能完成的任务",只要能够坚定自己的意志,积极开动脑筋,就能够创造解决问题的机会。

岳飞巧计胜"铁塔"

南宋初期，岳飞把金兵打得大败。金军统帅无一不对岳飞恨得咬牙切齿，时时刻刻都想集中力量，找机会一举歼灭岳家军。

公元1140年5月，金兵分四路向南宋王朝发动大举进攻。金太祖的四太子完颜兀术亲自担任一路元帅，率领十万精兵南渡黄河，扑向中原。在这危急形势下，宋高宗命令岳飞率军前往退敌。

7月初，岳飞进驻郾城（现河南省中部）做前哨勘察，当时手下只有背嵬军和部分游奕军，其余兵力来不及集结。

兀术听说后，顿时庆幸至极，甚觉机会难得，他亲率龙虎大王、盖天大王、昭武大将军韩常等将，以及一万五千精锐骑兵、步军十万突袭郾城，企图一举摧毁岳飞司令部。他眉飞色舞地对手下几个大将说："这次，我要把铁塔兵、拐子马全带上，杀了岳飞，并将他碎尸万段，以消我心头之恨！"

"拐子马"就是连环马，是多个骑兵之马匹用皮索相系——通常是三匹马联成一排，组成一个联合作战的单位。而且这些战马从头顶到屁股全被盖上铁马甲，只有四条马腿因为要跑路，才不得不露出。其作用就是一组骑兵联合起来产生的强大的冲击力远大于一匹马，令对方无法阻挡，因为对方的一个步兵或一个骑兵是挡不住一组骑兵联合冲击的。游牧民族军队里的连环马，一直都是压制汉人军队的杀手锏，数百年来一直是汉族将军的梦魇。

再说那"铁塔兵"，是兀术从全军中挑选出来的亲随卫队，个个都是百里挑一的

中国青少年智慧阅读书系

彪形大汉,且马壮弓强。这些金军身披重铠,头戴铁盔,面有兜罩,肩有披风,身上插有枝杆,大腿及以下披有裙袍(即所谓外有长檐,下有毡枕),一般的刀剑长矛弓箭很难伤身,骑在马上,俨然像一尊铁塔,因此得了一个美称"铁浮屠",浮屠的意思就是塔。

"拐子马"和"铁塔兵"相配合,士兵勇猛,马步迅速。在战场上,若对方人少,就实行包围;人多就左右冲击,着实厉害。北宋末年,宋军对金军已到了闻风而逃的地步。在当时流传这样的说法:"女真不满万,满万不可敌!"

然而,背上刻有"精忠报国"四个大字的岳飞,早已成竹在胸。

就在金兀术带领一万五千精锐骑兵逼近郾城时,岳飞便已了解到"铁塔兵"自身的局限属性:虽然威猛无比,但是行动十分笨重,而且只有与在其两侧出击的"拐子马"相互配合,才会发挥其拥有的优势。

于是,岳飞一边集合队伍,一边讲述他的战术:"铁塔兵身躯虽然高大,但是笨重;铁马尽管坚固,但四脚却露在下面。这正好是咱们的盾牌军的用武之地;只要把四只马脚中的一只砍断,整座铁塔就塌了!而那貌似气势汹汹的拐子马,只有在两翼出击时才能发挥威力。那咱们干脆全部冲进敌人的中间去,叫拐子马扑个空。等它回过头来,已经丧失了锐气,和普通骑兵也就没什么两样了。"

这是前所未有的恶战。开始交战时,岳飞首先命令岳云率领背嵬军和游奕马军首先出城应战,岳飞对岳云说:"必胜而后返,如不用命,吾先斩汝矣。"于是,岳云挥动两杆铁槌枪率背嵬军直贯敌阵。在岳云的骑兵打败金军的第一批骑兵后,金军后续的十万步兵也全部开入战场,岳家军与金军开始全军接战。杨再兴要活捉完颜兀术,单骑冲阵,杀金军百余人,自身受伤几十处仍然战斗不止。

岳飞还亲率四十名骑兵跃马驰突于敌阵之前,左右开弓,箭无虚发。全军士气大振,就这样,以"盾牌"威名远扬的岳家军,按照岳飞教的战法,一手持盾牌护着身子,一手握着麻札刀砍杀敌人。士兵们对准铁塔兵的马脚,一顿"噼里啪啦"砍将过去。马脚被砍掉后,铁塔兵一个个从马背上摔倒在地,很快就被消灭了一大半。岳飞见盾牌兵得胜,立即率领全体精骑兵,像旋风一样冲进了金军阵列。待"拐子马"来应战时,由于已失去了优势,也失败了。

不久,金兵就被杀得尸横遍野,溃退而去。兀术大恸曰:"自海上起兵,皆以此胜,今已矣!"岳飞一举歼灭了兀术的精锐,取得了历史上有名的郾城大捷。从此,岳家军的战斗力令金军闻风丧胆,哀叹:"撼山易,撼岳家军难!"

炼智 众所周知,任何事物都有其弱点,只要了解了他的属性,就可以变优势为劣势。岳飞大破铁塔兵,就充分利用了这一点。从弱点出发,打击重点,使"铁塔兵"与"拐子马"分离,其优势就丧失殆尽。我方趁此机会集中兵力,自然能以谋略大获全胜。

悟理 "兵来将挡,水来土掩",世界上绝对完美的事物是不存在的。任何事物在具备自身不可替代的优点的同时,也会有其相对的缺点。无论敌人多么强大,策略多么高明,只要认真地进行分析和琢磨,就一定会有应对之策。

声南航，击鹿耳

清朝初期，台湾被荷兰殖民者侵占统治已逾三十年，立足厦门抗清的郑成功立志收复台湾。早年间，由于荷兰强占台湾，郑、荷双方在海外贸易方面不断出现尖锐的矛盾。于是，侵台的荷兰当局委派使者何斌，携带信件和礼物，在厦门与郑成功谈判。值得一提的是，何斌是一个具有鲜明爱国之心的中国人，于是郑成功让他秘密地搜集荷兰殖民者的军事情况，密测了台湾鹿耳门一带的水道，绘制成图以备后用。

在审时度势、详阅地图后，郑成功成竹在胸，决心开始收复台湾的行动。他对厦门、金门等地详加部署后，终于在1661年3月，亲自率领马信、周全斌、刘国轩、杨英等官兵共计25000余人，分乘四百余艘舰船，自金门料罗湾启航，冒着风浪浩浩荡荡地向台湾海峡进发。

荷兰侵略军听说郑成功要进攻台湾，十分惊恐。他们把军队集中在台湾（今台湾东平地区）、赤嵌（今台南安平）两座城池，还在港口故意凿沉破船，以阻止郑成功船队登岸。

1661年4月，在顺利登上澎湖岛后，郑成功决定在此让部队休整几天。他还写了一封给在台荷军长官揆一的信。5月1日这封信就送到揆一手中，并用布告公之于众。信中说明台湾是中国的领土，指出"必须明白继续占领别人的土地是不对的"，并声明只要交出城堡，生命和财产安全将受到保障。5月3日，荷军初战失利，郑成功在谈判时再三发动政治攻势，指出："该岛一向是属于中国的"，荷军"自应把它归还原主,这是理所当然的事情",交城投降才是唯一的出路。

同时,他要果断地做出下一步,也是最关键的登陆计划。郑成功深知,要收复台湾岛,赶走殖民军,必须先攻下赤嵌城。为此,他亲自寻访熟悉地势的当地老人,了解到攻打赤嵌城只有两条航道可进:一条是攻南航道,这条航道港阔水深,船只可以畅通无阻,又较易登陆。然而,这样的地理优势荷兰殖民军又怎会不知?重兵把守,工事坚固,炮台密集,连普通老百姓都啧啧称叹"此道难过"。还有一条航道,则是向北进发,直通鹿耳门。但那里海水很浅,礁石密布,航道狭窄;还有殖民军为了堵塞航道而故意凿沉的船只。当时所有人包括荷兰殖民者在内,都认为这里无法登陆,故而只派少量兵力防守。

这时,之前提到的何斌所绘制的鹿耳门水道图就起到了关键性的作用。从勘测出的数据上看,鹿耳门潮水骤涨时,"大小战舰衔尾而渡,可纵横毕入"。于是郑成功决定趁涨潮时先攻下鹿耳门,然后绕道从背后攻打赤嵌城。

计划已定,便扬帆起航。郑成功首先派出部分战舰,浩浩荡荡地装着从南航道进攻。荷兰殖民军急忙调集大批军队防守航道。为了迷惑敌人,郑军故意制造出声威浩大、喊声震天、炮火不断的气势。就这样,郑成功非常成功地把殖民军的注意力全部吸引到了南航道。而另一面,北航道上却是一片沉寂,殖民军以为平安无事。这正是郑成功所要的效果!

在一个月明星稀之夜,南航道激战正酣,郑成功则率领主力战舰乘海水涨潮时迅速登上鹿耳门。当地人民亲眼盼到了自己的军队,喜从天降。几千名百姓使用各种运输工具迎接郑军。很快,在他们的全力帮助下,郑成功亲统郑军在两小时之内就全部登上了宝岛的陆地。守军从梦中惊醒时,发现已被包围。郑成功乘胜进兵,从背后攻下了赤嵌城。

而后,盘踞在台湾城的侵略军企图顽抗。郑成功在该城周围修筑土台,围困敌军八个月之后,下令向台湾城发起强攻。经过苦战,终于打败荷兰人,迫使殖民总督揆一于同年12月13日(1662年2月1日)在投降书上签字。荷兰军队交出了所有武器和物资,残存的包括伤病员在内的约900余名荷兰军民,乘船撤离了台湾岛。

此次战役,结束了荷兰侵略者在台湾38年的殖民统治,宝岛台湾又回到了祖国的怀抱,也使郑成功成为中国人民心目中的民族英雄。收复台湾后,郑成功祭告山川,颁屯垦令,开东宁王国,立郑家天下,拥有现在台湾南部以及一部分东部的土地,设"承天府",改台南为"东都",以示候明永历帝东来之意,争取明朝遗臣效忠。另辟海外乾坤、抗清朝于海外。同年4月间传来桂王朱由榔死于缅甸的消息。虽然仍有其他明朝宗室在台,但郑成功已决定不再拥立新帝,自为台湾之主。

炼智 本不打算从重兵把守的南航道进攻,却佯装大局逼近、势在必得的样子;本来决定从鹿耳门进入,却不显出任何进攻的迹象,这就是英雄的智谋所在。似可为而不为,似不可为而为之,敌方就无法推知我方意图,从而被假象迷惑,做出错误判断。正所谓"声东击西",把对方的注意力吸引到我方不甚感兴趣的地方,使对方分散力量。如此,在保证我方得到利益的同时,也使对方感到措手不及。

悟理 故布疑阵,虚实莫辨,使竞争的对手受到错误的诱导而疏于防范。然后在其松懈警惕,分散注意力之际趁虚而入,达到自己的目的。为了让对方的阵脚发生混乱,必须采用灵活机动的行动。这就是声东击西的表现方式所值得我们学习的精髓。

"尿壶列阵"奇取胜

1840年民族英雄林则徐奉道光皇帝之命到广州禁烟，一举烧毁英国鸦片数万箱，大灭洋人威风，大兴中华民族志气。英国佬恼羞成怒，不久即调集大批军舰炮船来围攻虎门，炮击我沿海村庄，气势汹汹，声称要我赔偿损失，否则要夷平粤海，这就是鸦片战争。

面对来势汹汹的英军，两广总督林则徐积极备战。因武器装备落后，于是便下令制造新炮。谁知，在尚未造好之前，广州沿海地区经常遭到英国军舰的袭击，给当地百姓的生活造成了极大的影响。

面对敌强我弱的局势，林则徐为了稳定军心鼓舞士气，决心来个初战告捷，给英国皇家海军一个下马威。但是，清军的老式大炮威力太差，几乎对英军没有丝毫打击作用；而新式大炮又在制造当中。一时间，林则徐为了筹谋良策，常常废寝忘食。

一天，正当林则徐苦苦思索之时，一只蜜蜂飞进了房中。望着飞来飞去嗡嗡作响的蜜蜂，林则徐忽然眼前一亮，连忙叫来下属，如此这般地安排了一番。

那时，正值广东八月闷热季节。黄昏时分，英军个个光着身子，穿着短裤在甲板上纳凉。忽见一列列头戴斗笠的"清军"向军舰蹚水而来。由于海浪荡漾，"清军"队形不断改变，时隐时现。英军值班军官见势不妙，以为是清军水师前来偷袭，急忙吹响哨子。英军士兵如临大敌，惊慌失措。

英军指挥官对所有战舰大喊着："枪炮手准备射击！"一个个头戴斗笠的"清军"

中国青少年智慧阅读书系

渐渐接近敌舰。"目标斗笠,预备,放!"

指挥官喊声刚落,枪炮同时齐鸣,掀起条条水柱。一阵浓烟过后,海面上出现无数黄蜂,一齐向英舰飞去。也许黄蜂见了黄发赤毛的洋人也觉新鲜,猛力扑过,向光着身子的英军狂刺。英军士兵疼得"哇哇"直叫,指挥官也被蜇得脸青脖肿,掉转船头就跑。

海上哪来这么多黄蜂?原来,那天林则徐受到飞到书房的蜜蜂启发,吩咐手下准备八百个尿壶,八百顶斗笠,五百箱蜜蜂。然后,让兵士们将蜜蜂分别装入尿壶内,再将壶口用稻草塞住,使壶内蜜蜂既不会闷死又不会飞掉。最后,又在尿壶耳上分别拴着斗笠,等退潮时按次序放出海面。尿壶晃晃荡荡地自成阵势,顺着潮流淌向英船炮舰。装满黄蜂的尿壶因封住了壶口,罩上了斗笠伪装成水军,而误被英军认为是水勇。开枪击破尿壶,黄蜂自然就飞出来了。

吃了亏的英军恼羞成怒。第二天,指挥官命士兵个个穿上特制皮衣,戴上手套、面具及防护药品,再度潜入虎门海面。舰艇驶近虎门时,指挥官发现海上又浮游着无数尿壶,不免哈哈大笑道:"东亚病夫,能有多少计谋?"随即下令把尿壶捞起,想用火把将黄蜂烧死。

兵士们小心翼翼地把尿壶钩上船,用火烧了起来。说时迟、那时快,"轰! 轰! 轰!"舰上顿时响起一阵阵爆炸声。英军被炸得死的死,伤的伤,哭爹叫娘、抱头鼠窜。尚有活动能力的那些英军慌忙驾起着火的舰艇溜之大吉。原来,这次尿壶里装的不是黄蜂,而是炸药。

就这样,林则徐巧妙地用"尿壶"震了军威,平了骚扰。不过,可苦了这班洋鬼子,死的死,伤的伤,哭爹喊娘,乱成一团。残余英军驾着火船,仓皇逃窜,一连数日,不敢出战。有史料记载,当时英舰只得在海上漂泊,不敢靠岸,得不到淡水供应,陷入"以布帆兜接雨水,几天不能解渴"的狼狈境地。因此,清军赢得了修建炮台,制造大炮的时间。

兵者，诡道也。林则涂利用英军的惯性思维，先用尿壶扮水勇，让英军吃够了蜂蜇之苦。待到英军有了防备，却又把尿壶里的黄蜂换成了炸药，英军对付黄蜂的预定方法，成了他们引爆"地雷"的自杀手段。

兵书有"兵不厌诈"之语，用兵之道讲求虚虚实实、真真假假。林则涂的"尿壶阵"可谓是活用了"瞒天过海"之计，将其演绎得淋漓尽致。真可谓是"人蜂共攻齐奋起，个中奥妙道不尽。"

所谓奇思妙想，奇特是巧妙的基础，贵在一个"奇"字。而之所以为奇，就在于它的创新性、独特性，或者说是唯一性。只有不走寻常路，不断求新求变，才能永葆想人所未想、胜人所未胜的功效。

兵不血刃巧取城

1928年元月初,朱德带领南昌起义保存下来的部队,同国民革命军滇军将领范石生部分道扬镳。此前,朱德曾率部同范石生部结成统一战线,隐蔽在范部的第16军里休整待机,准备再举义旗。

不料,有人告密。1928年元旦,蒋介石发下密令,要范石生逮捕朱德,就地解决这支部队。范石生以友情为重,信守协议,立即转告朱德率部离去。朱德原计划按广东北江特委意见,去东江同广州起义的余部会合。部队到仁化后,发现国民党方面的13军已截断去路。朱德当机立断,挥师北上,去实现他那酝酿已久的湘南暴动计划。

三九隆冬,大雪纷飞。在岭南大瑶山的茫茫林海里,正行进着一支部队。作为部队前导的军旗上写着:国民革命军第一四○团。谁能想到这支有着整齐装备的"国民革命军"正是朱德、陈毅领导的南昌起义军余部呢?

1月6日,部队来到乐昌县的杨家寨子,目的是由此进入湘南。在湘南发展革命活动有两个重要的有利条件:第一,这时南京政府同原来盘踞两湖的唐生智部的战争正在进行。双方对峙的兵力集中在湖南北部,一时都无力顾及其他方面,湘南空虚。桂军黄绍竑部也正同粤军张发奎部在粤西相持。这正是发动起义的大好时机。第二,湖南的农民运动在大革命时期基础很好,北伐军首先从那里经过。

部队刚刚住下,宜章县委书记胡世俭赶来了。他对朱德说:"湘南特委和宜章县委派我来向朱军长汇报情况。""要得!你这是雪中送炭,来得正是时候。我们现在需

中国青少年智慧阅读书系

要的就是情况。"

　　经了解，朱德获悉宜章县城敌人力量空虚，遂决定首先在宜章（湖南省东南部）点燃革命烽火。当时的宜章城，虽然敌人的守备力量不强，但是城坚难摧。朱德思量着，如果强攻，不仅会造成重大伤亡而不能速决，而且还会引来敌人的援兵，使攻城更加麻烦。为确保湘南暴动第一仗的胜利，朱德召开了军事民主会议，广泛听取指战员们的意见，研究制定攻取宜章的作战方案。

　　朱德一边在屋内踱步思考，一边听着大家的发言。当他听到有人提出"派一支小部队，扮装成赶集的老百姓，先混进城来个里应外合"的方案时，马上便有了主意，进而很有把握地说："同志们，宜章城没有正规军驻防，五百民团不过是一群乌合之众。若是智取，拿下宜章城或可不费一枪一弹。"

　　元月12日傍晚，朱德率部挑选了二百名战士，穿上国民党军队的服装，打着范石生部一四〇团的旗号，分两批先后大摇大摆地开进城内。先进城的部队按照朱德的指示，向各方官吏、地主、豪绅发出请帖，说是等大部队进城后要宴请他们，共同商量大事。

　　第二天，朱德带领大部队进入宜章城。新上任的县太爷杨孝斌听说，匆忙率领本县有头有脸的官吏、地主、绅士20多人前来欢迎。眼见如此强大的正规军来为自己撑腰，土豪劣绅们都十分高兴。随后，伪县长在县城参议会明伦堂内，举行了丰盛的接风洗尘宴会。

　　席间，朱德官腔十足地故意盘问伪县长："你们这里有没有农民运动呀？"

　　伪县长恭恭敬敬地答道："有！有！怎么没有？从前年到现在，农民运动一直就没有断过，闹得我们真是寝食不宁啊！"

　　朱德点着头说："哦，这么说你们受惊了！"接着又眼不斜视地询问道："贵县在镇压共产党和农民运动方面，哪些人的功劳最多，贡献最大啊？"

　　这些人以为要论功行赏，于是急忙张三举李四，李四举王五，一时间，宴会室内争吵四起。这时，有个戴着小瓜皮帽的老地主站起来说："依老朽看来，在座的各位乡绅,都是有功之臣!"话音刚落,大家纷纷点头表示赞成,个个笑逐颜开。

此时,从宴会室外传来"跑堂的"一声清脆长叫"鱼,来啦——"。坐在首席位置上的朱德突然举杯立起:"请问各位,杀了这么多老百姓,就不怕有朝一日人民找你们算账?"

这句话犹如晴天霹雳,把一张张喝红了的醉脸顿时吓得煞白。朱德紧接着厉声说:"好啊,今天我要劝各位喝杯酒,祝贺你们为非作歹的日子到头了。"说罢,独自一饮而尽,并将酒杯扔了出去。

随着酒杯的掷地声,从门外闪进一群手持二十响快慢机枪的年轻军人,将宴席团团围住。那些官宦乡绅们哪里见过这种阵势,个个吓得魂不附体。县太爷也被眼前所发生的事吓蒙了,浑身抖个不停,只好强装镇定,赔着笑脸说:"本县——招——待——不周,失礼之处,还望海涵。"

只听这时朱德厉声宣布:"我们是中国工农红军,就是来找你们算账的!"这伙官宦绅士听了,个个像泄了气的皮球,沮丧地垂下了头。

与此同时,开进宜章城的另一支工农革命军按照朱德赴宴前的指示,已顺利地缴了团防局和警察局等反动武装的械。

就这样,朱德率领的部队不费一枪一弹,就占领了宜章城。

此处,朱德领导的工农红军可以说是活用了"浑水摸鱼"的智谋。"混水"是运用此计的必要条件。大凡水浑有两种情况:一是水本来是浑的;二是水本来是清的,我方事先把水搅浑,然后再有所图。

在"浑水摸鱼"时,发动者切不可"当局者迷";而是要提前做好周密、全面的安排部署,时刻保持冷静,身在"浑水"思在清。戏要演真,行动做实,才能达到预期"趁乱取胜"之效。

蔡廷锴黄豆克敌

1931年,震惊中外的九一八事变发生后的一个月,国民党为了增防南京至上海的治安,调第十九路军北上,担负京沪的卫戍任务。而这支军队的千古留名,还是在三个多月后的"淞沪抗战"。

1932年1月28日夜,日军悍然向我上海闸北驻军发动进攻。第十九路军第78师就地抵抗,淞沪战幕由此拉开。1932年1月29日,蒋光鼐、蔡廷锴等向全国发出通电,表示守土有责,尺地寸草,不能放弃,为救国保家而抗日,虽牺牲至一卒一弹,绝不退缩。

未战几时,78师伤亡600余人。危急之下,上海全市纷纷组织义勇军、敢死队配合第十九路军,与之并肩作战。其中,十九路军军长蔡廷锴将军在全国一片救亡声中,亲率第十九路军奋力抵抗,打退了敌人多次的进攻。

在两军交战中,蔡廷锴常常亲临第一线,或指挥战斗,或观察敌情。一次,蔡将军刚下火线,匆匆走在返回司令部的路上。因为走得急,自然顾不上细看脚下,不慎一滑便摔倒了。紧跟其后的警卫员赶忙上前扶起他。待拍拍衣服回头一看,几粒黄豆赫然在地。

"这是谁撒的?看我不替军长枪毙了他!"警卫员火气冲天地向四周喊道。

只见远处一位老汉怀抱一只鼓口袋,站在墙根底下。一串黄豆正从口袋上的破洞里向外流着。

毫无疑问,"作案者"被扭拽到军长面前,一群大兵推推搡搡。

"长官——长官,我,我不是故意的。"已经吓得脸都脱色的老汉,结结巴巴地说。

"来人，给我捆起来！害得我们军长摔了一大跤，还说不是故意的！"警卫员怒吼着。

这时，蔡廷锴适时止住了警卫员，并批评道："小鬼，看你把老伯吓得。摔个跤算什么，至于这么大惊小怪吗？还不快放了人家。"老汉惊魂未定地算是从枪口底下捡了条命，赶紧走了。

其实，这一跤摔得还真不轻。白天一直一瘸一拐，晚上回到临时指挥部，警卫员打来温水让军长洗脚时才发现，蔡廷锴的脚背因扭伤已经红肿了起来。

"都肿成这样子了，还说没什么。"警卫员又心疼又憋气地小声嘟囔着。

蔡廷锴直愣愣地盯着自己受伤的脚，像没听到警卫员的声音。

看着看着，只见他眼睛一亮："小鬼，你有办法搞到大批黄豆吗？"

"当然有办法，在咱们上海，这算是啥稀罕物品。"警卫员说。

"好，大好事一桩！"蔡将军一拍大腿，高兴地站了起来。一不小心，脚背碰上了凳脚，疼得他不由"哎哟，哎哟"地叫起来。

第二天，两辆军用卡车停在了指挥部前，从车上卸下了成袋成袋的黄豆。

"把这些黄豆在晚上撒在敌人可能发起进攻的必经之路上。"蔡将军下令道。

直到这时，警卫员才恍然大悟，不由暗自佩服起来。

在接下来的战斗中，由于十九路军在准备巷战的街上都撒了黄豆，日军冲进街道时，他们的硬底皮鞋踩在圆圆的黄豆上，一个个滑得东倒西歪，被埋伏在街道两旁的十九路军将士杀得落荒而逃。

日军经过十九路军严重打击，侵占上海的阴谋终不能得逞。虽然事后违背人民意愿的蒋介石悍然决定对第十九路军停发军械弹药，致使在日军猛烈增援的情况下，这支热血的爱国军队处境困难，最终于3月1日含泪全线撤退。经过英、美等国"调停"，中日双方于3月3日宣布停战。5月5日，南京国民政府和日本签订了《淞沪停战协定》。

在硝烟战场上摸爬滚打的军人必然多多少少都有些伤痛，若是再赶上这意外的一跤，心情自然不会好到哪去。如果只顾自我感受，体会到的自然是个人的伤痛，但胸怀民族大义的蔡廷锴将军，却能够把精力时时刻刻集中在克敌制胜的目标上。

但是将军自有将军的胸怀，大至民族之义，小到战役分毫，蔡廷锴时时刻刻想的都是如何打退侵略者保卫家园。所以，才会有摔了跤之后不顾自身肿痛，从中想出制敌妙招。有谁能够想到一粒粒小小的黄豆，竟能成为克敌制胜的法宝呢？黄豆虽小，但用在当时的场合，就是最能发挥战斗效能的"武器"。

在困难面前，一定要专注，要积极想方设法去解决。人生也是如此，很多时候会遇到各种坎儿，与其消极等待，不如借助一切可以利用的条件加以克服，甚至从"霉运"中得到启发，以"四两拨千斤"的方式来巧妙面对困难。

"牵牛""赶牛"再"打牛"

1947年冬,英勇的人民解放军在豫西连战连捷,连克临汝、登封、鲁山等八个县城,歼灭国民党军五千余人后,更加激怒了敌人。国民党李铁军第五兵团以三万之众气势汹汹地朝解放军扑来,欲与陈赓率领的部队在临汝、鲁山、宝丰一带决战,企图一举扭转战局。

面对来势凶猛的敌人,经过冷静思考,陈赓认为与李铁军决战的时机尚不成熟,解放军的力量还不够强,不能贸然行动。所以,现在只能采取放长线钓大鱼的策略,先拖后打。先与敌人周旋,以"牵牛"的办法拖着敌人走;等到它被拖瘦了,累疲了,待机会成熟时,再一举歼灭。

据此,陈赓做出了一些克敌制胜的具体部署。首先,他派一支小部队迷惑敌人,让敌人以为这就是解放军的主力部队,从而将李铁军这只"肥牛"牵走;另派一支部队乘机发动群众,建立巩固的革命根据地,为解放军将来的胜利打好群众基础;主力部队则隐蔽待命,随时准备出击平汉线,策应大别山的斗争;一旦时机成熟,就一举歼灭李铁军。

各部队按照陈赓的部署行动。担任"牵牛"任务的第十三旅和第十五旅为了大造声势,特意兵分多路,将部队展开成宽大扇面,浩浩荡荡、大张旗鼓地向前推进。为了骗过敌人从空中侦察的飞机,担任"牵牛"任务的部队从镇平出发后白天行军,队伍有意拉起一条条"长龙",并故意搞得烟尘滚滚,摆起大部队行军的架势;晚上休息时,燃起无数篝火,给人以大部队宿营的假象。

　　而敌人的反应也果然是"依计而行",他们从陆上和空中的侦察很快就发现了"牵牛"部队的行动,从而得出解放军主力出动了的结论。敌人对自己"收集情报"的能力非常满意。于是,类似"解放军的主力部队遮天盖地地打过来了"的消息不胫而走,一传十,十传百,一时间闹得沸沸扬扬,人心惶惶。

　　为了振奋士气,李铁军命令迅速追击陈赓的部队,而这恰恰是陈赓所希望的,敌人就像被牵着的牛一样,非常听话地上钩了。为了把这头"肥牛"牵得更紧,让它跟得更快,消耗更多,陈赓命令"牵牛"部队奔袭内乡。

　　尽管李铁军的部队已经累得像老牛一样地大喘气,然而还是没有及时追上所谓的"共军主力"。在疲于奔命中,李铁军乖乖地被解放军牵着鼻子走。当李铁军的部队随之扑向内乡时,解放军的"牵牛"部队又以最快的速度奔袭赤眉镇。

　　赤眉镇是内乡通往伏牛山深处的一个隘口,周围深山密林,壕沟窄路,并不是一个非常适合行军的地方,因此,李铁军越追越费劲,但是他却执拗地不放弃这个"歼灭"对手的机会。当李铁军率领部队追进赤眉山里时,解放军的"牵牛"部队已经到达了夏馆镇。此时,在伏牛山东麓隐蔽待机的陈赓部队主力则已经与华东野战军的部队会师,正在向平汉线靠拢,形成了对李铁军所部的合围之势。

　　追进深山密林的李铁军部队像没头的苍蝇一样乱闯,费尽九牛二虎之力仍然没有找到作战对象。正在这时,李铁军又接到我军在平汉线大捷,而自己已陷入被围之势的情报,此时被牵着鼻子跑了好久的李铁军才如梦方醒,遂决定星夜率部逃跑。三十六计走为上计,他可不想把小命搭在这里。

　　"要跑,没那么容易!"在第一时间得知了李铁军动向后,陈赓果断地变"牵牛"战术为"赶牛"战术。追击命令一下达,部队像山洪下泻,一昼夜猛追一百多里。李铁军的部队不禁叫苦连天,这些可怜的士兵们这些日子什么正事都没干,净被解放军指挥着练习长跑了。当李铁军部队日夜兼程地被"赶"到西平县西南的祝王寨、金刚寺一带时,陈(毅)粟(裕)大军和陈(赓)谢(富治)兵团主力早已摆好聚歼的架势,以逸待劳。"牵牛"部队在完成了"牵牛"任务后,也已赶到李铁军部队的前面"恭候"了。

本来要找"共军"主力决战的李铁军万没有想到,"共军"主力现就在眼前,而自己却深感力不从心。当初在追击"牵牛"部队时,为了快速前进,李铁军命令部队把辎重、大炮统统扔掉了,士兵们连日来疲于奔命,累得都不想动了,一看前面解放军严阵以待,早就失去斗志了。如此,怎么与"共军"决战?然而,陈赓早在西平、遂平之间布下了"宰牛场",战与不战的决定权已由不得李铁军了。

有备之师打击困顿之军,这场战斗的结果是没有悬念的。经过一天一夜的激战,除李铁军自己率少数残敌逃跑外,其余敌军全部被歼。李铁军只身逃跑之前,对天长叹:"我半世英名,被陈赓毁于一旦啊!"平汉线的胜利,让敌人不得不率部抽调兵力回援,从而使国民党军队大别山区的重点"清剿"计划彻底破产。

 李铁军率领的国民党军在占有优势的时候,焦躁心切,一心求战,这个时候,如果我军跟他们硬拼,即使能够取胜也会付出很大代价,这是陈赓不愿意接受的结果。而如果能够首先消磨国民党军的锐气,在无形中消耗他们的战斗力,则有利于己方从容布置,用最小的代价取得最大的胜利。

于是,骄躁的国民党军恰好被我军抓住时机,趁势而为,顺着他们急于同我军主力决战的心理,牵着他们的鼻子消耗他们的士气和战斗力。正所谓"骄兵必败",陈赓利用敌人求胜心切的狂躁牵动了对方主力部队这头"肥牛",从而把主动权掌握在我方之手。所牵之"牛"肥的拖瘦、瘦的拖死,致使最后被我军彻底拖散。此计可谓经典的"诱敌深入"之谋。

正所谓,虚心使人进步,骄傲使人落后。不论是在生活中还是学习上,若能做到"谦虚谨慎"四个字,那么也就离成功不远了。而戒骄戒躁本身就是修身养性的重要要求之一。

帽子戏法

" 大家快散开,进树林里隐蔽！"

一声大喊后,只见几百顶"红五星草帽"快速散开。空中盘旋了五架飞机,随即向下投掷了几十颗炸弹,"轰轰轰"地在地上炸开了花。由于没有了那草帽上的"红五星"作为目标,飞机在空中盘旋了几圈之后,很快就飞走了。

这是1935年红军开始长征后不久,蒋介石派出大批人马对红军实施围追堵截。贺龙率领的这支队伍同样也得到了这样的"待遇"。地上有几十万敌人尾随,天上还不时有飞机过来"问候"一下,只不过礼物是要人命的炸弹。

由于正值炎夏,天气酷热,太阳刚一露头就如火烤,地上的草木都被晒得枯焦了。贺龙便让战士们戴上了草帽遮阳,加速前进。虽然人人头上戴了一顶草帽,仍然热得汗流浃背。不过草帽上面明显的红星却成为敌人轰炸的目标。

每次敌机一来,大家就要到山林中隐蔽。等到敌机离开了,大家才能继续前进。贺龙想:敌机在天上,我们在地面,怎么就知道我们是红军而不是国民党的军队呢?想来想去,他想到红军头上的那顶有"红五星"的草帽。草帽一戴,不仅目标大,而且那红五星是个明显的标记,分明是告诉敌机"我们是红军"。

但随即,贺龙的脸上仿佛有了些许安慰的表情:一条妙计已在贺龙的脑海里形成。

队伍翻过大山,来到了一片平地。这时,贺龙便下令:"同志们,摘下草帽,放在

路上，继续前进！"战士们纷纷不解：太阳越升越高，天气越来越热，且又处于梅雨地区，怎么让我们把唯一能遮阳避雨的草帽扔掉？但终归服从命令是天职，战士们大都不情愿地摘下头上的草帽，并按要求放在了路上。

贺龙看看天，又看看这些草帽，笑了笑，领着队伍继续向前走去。

没过多久，追赶贺龙的白军就赶到了这片"草帽"地。白军士兵被催得拼命赶路，一个个热得气喘吁吁、汗流浃背。正是酷热难耐时，眼见满地的草帽。一时间，白军士兵们争先恐后地捡起来，有的拿在手里扇风，有的戴在头上遮阳。白军军官还放声笑言："想不到红军竟然如此狼狈！连草帽都丢了。哈哈哈……"说着，在制止其部下"别抢"的时候，自己也抢了一顶戴在头上。

就在这时，天空上又传来了"嗡嗡嗡"的敌机声。贺龙命令将士们不用散开，不用隐蔽，而是领着队伍大摇大摆地继续前进。敌机就在这支红军队伍的上空盘旋了几圈，却并没有扔下一颗炸弹。在他们看来，这支队伍头上没有戴草帽，显然不是红军，不能随便轰炸。

敌机继续搜索，终于发现了一支戴着红五星草帽的队伍。降低高度一看，不错，正是"红军"。可白军的军官们却大不以为然，他们知道天上的飞机是自己的队伍，是来配合他们追赶红军的，因此非常高兴。有的甚至还摘下头上的草帽挥舞，以示向飞机致敬。

可就在他们兴高采烈的时候，几架敌机飞快地俯冲下来，炸弹一个接着一个地往下扔。"轰！轰！轰！"炸弹在白军队伍中开了花，白军被炸得死的死，伤的伤。有的幸免被伤的士兵边逃命边叫骂："狗日的，怎么自己炸自己！"白军军官也气急败坏，一边朝天放枪一边跳着叫道："你等着，我要到蒋委员长那里去告你们！"

只可惜，天上的驾驶员们是怎么也不会听见的。他们还在为自己完成了一次很好的飞行任务而沾沾自喜，正盘算着回去如何邀功请赏呢。

就这样，红军队伍在各级指挥员的领导下，一次又一次地避开了敌人的袭击，终于在1936年10月于甘肃会宁胜利会师。由此，保存和锻炼了革命的基干力量，为开展抗日战争和发展中国革命事业创造了条件。

贺龙在不利的被袭后及时总结、认真思考，临危不乱、随机应变，利用自己的聪明智慧，想出了一个"金蝉脱壳"之计。用"脱"掉草帽的行动转移了敌人的目标。

而后"放"在地上的草帽迷惑了敌人的头脑，在烈日下诱惑他们带上了有明显"五星"标志的"催命符"，转移了敌机的攻击目标，这正是一招完美的"移花接木"。

这里的"脱"不是惊慌失措，而是为了迷惑敌人，以达到保护自己的目的。而移花接木的手法，不仅保护了自己，还成功地让敌人自相攻击。

从这个故事中我们可以看出，有时候为了达到自己的目的，可以转移别人的视线或者注意力。而如果不经调查而机械地固守一个目标，往往会让行动产生偏差，就好比"刻舟求剑"一样。

将计就计，还治其身

1948年底，随着辽沈、淮海战役的胜利发展，中共中央军委判断位于平津地区的蒋系部队很有可能向南撤退。而一旦国民党军战略性地南撤，便能集中力量加强长江防线，对于我军而后的渡江作战十分不利。为此，中央军委在11月下旬明确提出抑留并歼灭傅作义集团于华北地区的作战方针。

根据毛泽东关于平津战役的总体部署和"先打两头，后取中央"的指示，天津解放前夕，时任天津前线总指挥的刘亚楼详细地考察了天津的地势和地形。天津市周围是广阔的沿海洼地，多为易守难攻的水网地带，对大兵团多兵种的战斗行动十分不利。而天津市区的情形也不乐观，不仅地形复杂，而且国民党守军还曾两度构筑城防工事。在82华里的城防线上开挖了宽12米、深2.5米的护城河，建造了碉堡300多个，埋设地雷一万多枚。正如国民党军天津警备司令陈长捷所说"大天津堡垒化"，有固守"绝对之保证"。

面对这看似固若金汤的城池，刘亚楼紧紧皱起了眉头，如果不知道详细的守备情况，解放军要想攻下这座用机枪大炮构筑的坚城，恐怕要付出很大的代价。刘亚楼深知：最坚固的堡垒往往是从内部被攻破的，一定要了解到国民党守军的分布情况和守备特点。

就在刘亚楼苦思冥想如何攻破堡垒之计时，陈长捷也正盘算着如何守住天津城。正所谓知己知彼百战百胜，如果能够得知攻城部队的作战计划，无疑就可以采取相应的应对措施。因此，他指示部下务必要摸清解放军的攻城步骤及其有关情况。为此，他还特意想出了一个"高招"：以天津市"参议会"谈判代表的身份，派出一伙人出城与解放军进行谈判，企图打着"谈判"的旗号，暗中窥视动静，刺探情报，以便拖延解放军攻城的时间，并制订对付攻城的办法。

刘亚楼见敌人比他先行一步，忽然灵机一动，"啪"地一拍桌子，对周围人说："他陈长捷不就是想摸摸我的底细吗？好，我给他提供情报！"

面对敌方毫无诚意的谈判，刘亚楼却表现出一副积极响应的样子。同时，在商定谈判地点时，他故意选择了城北，以给敌人造成解放军攻城指挥部就设在城北，主攻方向就定在城北的错觉。

本来就"醉翁之意不在酒"的国民党谈判代表没过两天，就草草结束了谈判。匆匆回到驻地后，把"深入解放军内部"了解到的情况向陈长捷汇报："共军攻城指挥部设在城北，主攻方向在城北。"

陈长捷狡黠地看着他的部下，手里的烟灰落了一桌，这时候，他还拿不准是不是对方放出的烟雾弹。正在这时，又传来"共军用重炮向天津城北攻击"的紧急军报。这一下，陈长捷彻底相信了。

原来，刘亚楼早就想到了仅仅依靠参议会上的"城北军"是很难让陈长捷完全"中计"的。于是，为了加深和巩固敌人以为"共军的主攻方向是城北"的错误判断，在谈判过后，刘亚楼又命令部队用重炮向北城进行佯攻。

自以为探到内情的陈长捷按照他对解放军作战计划的错误了解，迅速向城北调兵遣将，又是加固工事，又是重点布防。由此，自然忽视了东西两侧的防守，这正为刘亚楼实施解放天津的预定作战方案提供了有利条件。

几天后，即1949年1月14日，东北野战军集中了二十二个师向天津发起总攻。在刘亚楼的指挥下，解放军按照预定的作战方案，顺利地从东面民权门和西面和平门打开了入城的突破口，很快会师汤桥，一下子就把敌人拦腰截断，后由南向北进行分割围歼。

经过二十九个小时的激烈战斗，解放军活捉了国民党天津防守司令陈长捷，全歼了国民党军十三万人,一举解放了天津全境,为随后的进驻北平和整个解放战争奠定了坚实的基础。

攻城战注注意味着巨大的伤亡,而如果能够弄明白对方防守的虚实,自然就能够避开强大的火力,从而减少伤亡,而且易于找到突破口。然而,如何才能进入城中,了解对方的虚实呢?

结果,没等刘亚楼想出办法,陈长捷就给送来一份大礼:"谈判"。陈长捷利用谈判代表的眼睛和耳朵为自己收集情报,却没料到刘亚楼技高一筹,不仅没有把自己的真实意图暴露给对方,而且还使对方相信了自己提供的假情报,从而调动了敌军,让守军按照我军的布置进行防守。这样一来,陈长捷岂能不败?

刘亚楼面对主动采取攻谋的国民党刺探,并没有采取直接揭破的办法,而是顺势而为、将计就计,"以其人之道还治其人之身"。就像三国时候的"蒋干盗书"一样,让对方的间谍送回错误的情报,以达到迷惑敌人的目的,最终取得了决定性的胜利。

"将计就计"是利用对方的计策向其实施计谋。关键就在于首先要识破对方的计,知道他的意图所在,然后才能"就计"而行,让对方的"计"为我所用,从而战胜对手。这也从另一个方面说明了一个道理:很多时候,眼见并不一定为实,关键还要用自己的智慧去判断。

几度虚张实渡河

面对宽阔无比、水深异常的海达斯帕斯河，古代马其顿阿吉德王朝第十四代国王（公元前336—公元前323年在位）亚历山大大帝（Alexander the Great）皱紧了眉头，这可是一道不易跨过的天然防线。举目望去，又看到了对岸设下的各种障碍，不禁愁到了心底：怎么渡河？

这是公元前327年，马其顿军与印度王波鲁斯军队展开的一场激战。双方矛盾的历史纠结来源已久。公元前5世纪末4世纪初，正当希腊本土各城邦之间混战之际，在其北部的马其顿王国逐渐壮大起来，不久便成为希腊世界的主宰。公元前336年，马其顿王腓力在其女儿的婚礼上被刺身亡，其子亚历山大继位为王。公元前334年，亚历山大留下一部分军队在马其顿镇守希腊，自己亲率大军向亚洲挺进，大败波斯军队，于公元前330年成为波斯帝国的主人。三年后（公元前327年），亚历山大因印度各州曾经承认过他的波斯前辈的统治权而兴兵远伐，准备征服印度。

在顺利进军到印度河以东的第一条支流海达斯帕斯河（即现代的杰卢姆河）时，亚历山大遇到了波鲁斯王的严阵抵抗。在海达斯帕斯河对岸，波鲁斯王亲自坐镇，沿河布防，总共集结了印度军骑兵四千人，步兵三万人，战车三百辆以及战象二百头。

对方不但兵力雄厚，而且装备齐全。对于向来以马匹骑兵著称的马其顿军来说，他们的天敌就是波鲁斯军队中的大象：那些大象巨大而奇怪的形状和怪声怪气的吼叫让马匹甚至连登上对岸都不敢。更严重的是，马匹在皮筏上渡河的过程中，很远看见大象，就会吓得不敢站在筏子上而跳进水里。

中国青少年智慧阅读书系

怎么办？攻不过海达斯帕斯河，征服计划就等于功亏一篑！冥思苦想了几天，亚历山大不再发愁了。

这天，他把部队首领统统召集起来，颁布一道命令："从今天起，分几路人马，沿河岸同时向不同方向移动。我自己也带一拨士兵来回行动。"

军官们面面相觑，疑惑地瞅着国王想："这不等于把攥成一团的拳头分散成一盘散沙，还能有作战能力吗？"

亚历山大笑了笑，又说："你们的目的有两个，一是侦察好理想的渡河点；二是诱使普鲁士军队处处设防，分散兵力，出现薄弱点。再说，还可让敌方的物资供应疲于奔命。但有一点，一定要选择在夜间偷渡，以免敌军的象队把我们的坐骑吓倒，大家要格外注意。"

当晚，宁静的夜突然喧闹开了。

亚历山大带着骑兵沿着河岸飞速地来回奔跑，一边高喊着冲锋的口号，一边将兵器叩击出铿锵有力的碰撞声，一时间声势非凡。

波鲁斯国王闻声，赶忙出帐察看，一时有些心慌：怎么，想强渡？！他连连吆喝将士，随对岸飘过来的喊杀声平行奔跑，声振河畔。

可是随后，亚历山大军又没了动静，在河对岸消停下来。波鲁斯王愤然拍案，大骂中了亚历山大"疲军之计"，遂命令部队收兵回营。

就这样一连几天，亚历山大的骑兵都在河岸边高喊奔跑，这让波鲁斯军无比厌烦。将士们因夜间常被惊醒而咒骂道："搞什么名堂，虚张声势个屁！"渐渐地，他们松懈了斗志。

这边，亚历山大则亲自带领一部分兵力乘机侦察，寻找可以突破的渡口。同时，他还命令部队从四面八方运来大量粮食物资，堆积在海达斯帕斯河边营地，以此给波鲁斯一个错觉：马其顿军队被夏季洪水阻隔，正忙着搬运粮食，无法渡河，准备长期驻扎；大概要等到冬季河水下落时再渡河。

就在波鲁斯做出错误判断时，亚历山大开始了秘密行动。经过侦察，他们终于在上游约十七英里的拐角处发现了一个小岛，那里林木森森，人迹罕见，便于渡河。亚历山大命令部队进入预先探定好的浅水渡河点，在沿河各处布置了岗哨；又指挥部队深夜点起篝火。一时间，篝火点点布满河岸。红彤彤的火光里，马其顿士兵们如痴如狂地蹦跳不停，喧嚷不止。

被接连鼓捣了几夜的波鲁斯军不但不以为然，反而隔河齐声讥笑："有本事的就过河来啊！就会装神弄鬼，没人会信你们的！"

趁此功夫，亚历山大开始渡河。他把三千骑兵、八千步兵留在营地以稳住对方，也作为后备力量支援或接替渡河部队。另以五千骑兵和一万步兵组成突击渡河队伍，在其亲自指挥下开拔到渡河点，然后分别登上船筏，驶向对岸。

快到岸时，一道闪电划破夜空，印度哨兵方才发觉了一切。消息很快传到波鲁斯王那里，但他不相信对方会如此神速地偷渡成功。另外，到底是虚张声势，还是真实进攻？他一时也难以定夺。

就在波鲁斯迟疑不决之时，亚历山大已把最后一批部队运过了河。接着，他派弓箭手大射敌军；仓促应战的波鲁斯部溃不成军，落荒而逃。就这样，马其顿军队攻占河岸，向印度腹地挺进。

战斗中，马其顿军队采用了灵活机动的战术。亚历山大善于调动敌人，佯动惑敌，使对方放松警惕，松懈斗志。而后再作迂回行动，避敌之长，击敌之短，骑兵与步兵协同作战，使对方的阵脚大乱，从而一举功成。

"虚实相乱"之计没有一定规律，只要能使对方上当即可。要根据敌情，有时则以真实显示虚假，有时则用虚假向敌人显示真实。诈败诱敌，虚张声势，佯动欺敌，以假乱真，变化无穷。一句话，就是把敌人的认识搞乱，搞错，我则可以趁机取胜。

中国青少年智慧阅读书系

山地行舰破"不能"

14世纪,正当拜占庭王朝衰落之际,在其身旁遽然而起了一个新兴的帝国——奥斯曼帝国。1326年,奥斯曼夺取拜占庭在西亚的重镇布鲁萨,控制了马尔马拉海峡,并把首都迁到布鲁萨。这时奥斯曼帝国已经靠近了欧洲,定都布鲁萨使得这个国家的发展方向必然是指向欧洲。

13世纪末,奥斯曼土耳其帝国就开始向外侵略扩张。14世纪中期,奥斯曼土耳其在达达尼尔海峡对岸占领据点,作为向欧洲推进的基地。1396年尼科堡一战。土军打败了欧洲封建主联军,巴尔干大部分土地被土军占领,君士坦丁堡成了一座孤城。

1453年初,奥斯曼土耳其帝国国王穆罕默德二世率步骑兵17万、舰船320艘,从陆海两面包围君士坦丁堡,企图彻底灭亡拜占庭帝国。穆罕默德二世是历史上最以尚武好战著称的苏丹,他能使用土耳其语、希腊语、希伯来语、波斯语、拉丁语、阿拉伯语等七种语言。

而此时的拜占庭帝国,已经只剩下千年古都君士坦丁堡这一隅之地了。虽然城内守军只有8000人,但军民孤注一掷,誓与古城共存亡。他们凭借城堡两面靠海处有水深170米的护城河拦阻,尽一切可能加固工事。此外,还在城北金角湾的入口处用粗大的铁链横锁水面,使任何船只都无法驶入。一时间,有效地遏制了土耳其军的攻势;土耳其军的优势难以体现。

土耳其军队想尽所有的办法都无计可施。他们虽然拥有威力强大的石臼炮,但

中国青少年智慧阅读书系

几经轰击,除了让外围城墙微微出现了裂缝之外,根本无法摧毁整个城堡。土耳其军又采取地道战术,企图从地底下神不知鬼不觉地偷袭,结果被对手的守兵用炸药破坏。土耳其军后用活动堡垒攻城,在守城军民的殊死抗击下也告失效。

唾手可得的果实就在眼前,却无法吞咽,这让穆罕默德二世恼火万分。突然,他一拍脑瓜,双眼放光地惊呼:外海!

原来,穆罕默德二世想到自己在外海还有300多艘战船没有用上,这是一股多么强大的作战力量啊!于是,他提出了一个大胆的设想:顺着君士坦丁堡的防守,从海上进攻,充分发挥300艘战船的威力。

他把这一设想刚一公布,手下的良将谋士就炸开锅了,大家纷纷摇头。要知道,战船想从外海进入内海,必须经过海湾;而在那里,敌军辅有粗大的铁链拦阻,土耳其军曾试图几次冲击,都损兵折将、无功而返。再度进攻,不是自找苦吃吗?

"我并没说非要和他们的铁链硬碰硬。"默罕默德二世的声音掷地有声,不容置疑。

对此,大家更是面面相觑。随即又听见他们的国王说:"我们的战船可以避开铁链,从地岬运进内海。"

这句话使土耳其的将领们简直不敢相信自己的耳朵。众所周知,地岬实际上就是一片山地,不要说爬山越岭,就是在陆地上,战船又怎能行走?况且,地岬为热那亚人控制,也就是说要通过地岬,首先要使热那亚人就范,这无疑又徒增事端。

就在大家认为是天方夜谭而有意放弃的时候,穆罕默德二世却满怀豪情地说:"取胜之道,就是要办常人办不到的事情。"

时年仅仅21岁的穆罕默德二世虽然刚即位不久,但始终不忘前世花了近半个世纪的征战才取得了东罗马的大部分领土。他从小就发奋努力,决心终有一天将君士坦丁堡这个东罗马最后的堡垒拿下来。眼前的时机虽然有些难于实现,但默罕默德二世又绝非是轻易放弃、甘于失败之人。于是,他先花巨资买通了热那亚人,使他们答应让土耳其战船通过地岬。接着又组织大量的人力物力在地岬的山地凿山修路，然后再铺上涂了油的木板。前面用牛拉，后面用人推，先后使80艘战船通过山岭、田野、园地进入了内海。

一切就绪以后，总攻就开始了。在土耳其海、陆军两面夹击的情势下，君士坦丁堡终于被攻破了。东罗马帝国的末代皇帝君士坦丁十三世看到大势已去，化装夺门而逃，在混战中被土耳其人击毙。当天夜里土耳其人占领了君士坦丁堡全城。

土军在城内烧杀抢掠，历代的艺术珍品被洗劫一空，华丽的建筑物被付之一炬。君士坦丁堡的陷落，标志着延续1000多年的东罗马帝国的灭亡。随后，土耳其把君士坦丁堡改名为伊斯坦布尔。欧洲和近代的历史掀开了新的一页。

船是在水中航行的，但是水上航道走不通，怎么办呢？穆罕默德二世"异想天开"地让船在山地上行走，这个办法提出来，部下们都傻了眼，这如何能办到呢？都认为是不可能的。但是显然，最后他们成功了。

穆罕默德二世用了一个在现在世人看来颇为"笨拙"的计谋。然而，我们要从中领会的就是他这股子"傻劲儿"：一旦认定下来的事情，就要坚决执行，如果没有简便办法，再繁琐的方法也要试一试！这与我国古时愚公移山的寓言故事如出一辙，都表明了面对困难要锲而不舍的道理。

繁琐复杂的方法并非就一定不能达到目的。注注，人们认为自己身处绝境、了无希望时，其实永远还有其他的办法；世上几乎没有不可能的事，只是大多数人在困难面前望而却步罢了。这恰恰又印证了荀子《劝学》中的一句古话："天下事有难易乎？为之，则难者亦易也；不为，则易者亦难矣。"对此，青少年朋友们要认真思考一下了。

死尸诱敌突重围

斯巴达克起义了！这是公元前73年的一个深夜，罗马中部卡普亚城。罗马元老院一片惊慌。斯巴达克是谁？为什么他会让元老们如临大敌？

原来，在罗马，每年都要举行角斗比赛。身体强壮的奴隶往往会被送到角斗士学校培训，然后在大剧场或公开场所彼此角斗，或与野兽搏斗。而那些罗马的奴隶主贵族们则在观看角斗时获得快乐。而斯巴达克，就是一名角斗士。

斯巴达克斯（Spartacus，约公元前120年—约公元前70年）是巴尔干半岛东北部的色雷斯人，罗马侵入北希腊时，被俘后沦为奴隶。后来斯巴达克斯在角斗士学校的厨房发起暴动，逃到维苏威火山上发动起义。他的勇敢和智慧使他成为角斗士的领袖，他劝说角斗士们为自由而死，而不应成为罗马贵族取乐的牺牲品。

于是，以角斗士斯巴达克斯为精神领袖的奴隶起义军杀死两个罗马卫兵后冲出铁窗，蜂拥向外跑去。呼喊声划破夜空，逐渐向远方传去。

起义军在不到半年的时间内就迅速壮大。起义队伍由七十余名角斗士很快发展为十余万人，并多次战胜罗马军队。

吵吵嚷嚷中，元老们商量着派执法官普布列·瓦伦温带领两个军团，前去镇压斯巴达克起义军。

公元前72年，斯巴达克斯率军沿亚得里海岸穿过整个意大利，在摩提那会战中击溃了卡西乌斯总督的军队，然后又挥师南下。

而这边，普布列·瓦伦温带领的一万两千名罗马士兵疯狂扑来。斯巴达克不慌不忙地沉着应战，他集中主力部队一下子将瓦伦温副将傅利乌斯的两千人马围困在坎帕尼亚东部，三下五除二，统统消灭。而后又突然回师，大败另一支罗马援军。

这不禁让瓦伦温恼羞成怒，他用全部兵力重重围住了起义军阵地，挖深沟、筑高墙；扬言要活捉斯巴达克斯！

这样相持了数十天后，起义军的境况岌岌可危：兵器越来越少，粮草即将断绝；士兵们大都身患疾病，一时再没有体力冲出包围圈。斯巴达克斯带领手下准备掩埋阵亡的起义军，他望着死难的弟兄们，忽然眼前一亮：有了！

夜深了，斯巴达克斯率众人悄悄把阵前死尸拖来，分散开来绑在提前竖好的矮木桩前，远看就像一个个笔直站岗的哨兵。然后，他们点起一簇簇篝火，只留下几个号兵定时吹号。

"呜啊，呜啊！"军号阵阵，罗马军前死死盯住的这座起义军营似乎跟平常没有什么两样。但敌人万万没有想到的是，斯巴达克和他的义军正在夜幕的掩护下沿着一条崎岖的山路突出重围，这条无法通过的险峻小路已经被起义军所征服。

第二天，瓦伦温指挥军队进攻阵地时，迎接他的却是几十具绑在矮木桩前的死尸。且一个个，面目狰狞，似乎每一张表情都在嘲笑他。

瓦伦温的肺都要气炸了，只听他怒吼一声："追，给我全速前进地追！"可他又没有想到的是，这一追，就又追到了起义军早已设计好的埋伏圈里。原来，斯巴达克率部悄悄突出重围后，选择了一块极为有利的地形，搭建好作战隐蔽物，挖掘好壕沟，布下伏兵；只等罗马军队自投罗网！

斯巴达克看时机已到，便率先从壕沟内跳出阵地，挥剑杀出。罗马军猝不及防，加之早已疲惫不堪。一场恶战后，起义军凭借有利地形及以逸待劳的勇猛大获全胜。瓦伦温丢盔弃甲，连滚带爬地跃上战马，落荒而逃。

公元前71年，斯巴达克斯欲通过布林底西港前往希腊，罗马元老院分别从西班牙和色雷斯将庞培与路库鲁斯的军队调来增援克拉苏。为了阻止罗马军队会合，斯巴达克斯快速将部队开向北方，直接攻击克拉苏。在阿普里亚省南部的激战中，起义军以少敌多,遭到惨败,包括斯巴达克斯在内的六万名起义者战死,约五千人逃往北意大利,被庞培消灭,六千名俘虏被钉死在从罗马城到加普亚一路的十字架上。斯巴达克斯起义就这样失败了。

尽管起义军最后失败了,但它的意义远远超出了起义的本身。它沉重地打击了奴隶主统治阶级,加剧了罗马奴隶制的经济危机,加速了罗马政权由共和制向君主制的过渡。而斯巴达克在起义中表现的英勇斗争精神和卓越的军事才能,在人民群众争取社会解放斗争史上也留下了不可磨灭的遗迹。

炼智 斯巴达克在濒临绝境的时候,毅然想出"金蝉脱壳"之计:借用牺牲战友的尸体作为脱身之"壳",不露痕迹地悄悄逃出敌人的包围。而后又没有只顾亡命奔逃,因为他知道敌人一旦发现,必然会全力追击,而以自己的实力则很快就会被追上。与其疲于奔命,不如准备好作战的一切工事,以逸待劳,杀敌人一个出其不意的回马枪。

悟道 无论身处何种绝境,也绝不能放弃"逢生"的希望。遇到问题,或烦躁抱怨,或破罐破摔甚至以死相抵,都不是有为青年所应有的态度;真正大智者,只想如何解决眼前问题的办法,正如那句话所说"办法总比问题多"。

德奥联军"纸弹"破敌

第一次世界大战中，无论是以英法为首的协约国还是以德奥为主的同盟国，除了大量使用了技术兵器进行"硬毁伤"外，还以信息媒体为武器，通过较为现代化的传播手段和途径对敌人进行"软杀伤"，从精神上摧毁、削弱对方的战斗力。其中，最具典型代表的一则实例则是1917年德奥联军对意大利军的卡波列托战役。

1917年的一天晌午，正值战斗间隙。只见一个个意大利士兵脚步拖沓、神色艰难地往可供休息的工事处走去。经过一场恶战后，每一个人都已疲惫不堪。

"啊！见鬼！"一个士兵被脚下什么东西绊了一下，不禁一个踉跄地咒骂道。

低头一看，原来是一团裹着细碎石子的纸包。这是什么？士兵不禁弯腰捡起了那堆纸。"呀，这不是我们家乡的报纸吗？"他激动万分地惊呼起来。

闻声而来的其他士兵把他纷纷围住，凑近一看，真的是北意大利的报纸。

"哟，还是最近的，快！看看家乡近来有些什么新闻。"人群中的这声音让许多意大利士兵蜂拥而上，争抢报纸。

"什么？家乡的警察与老百姓发生流血冲突？他们简直疯了！"

"嘿！这帮混账！老子在前线拼死卖命，他们反倒在家乡欺负我们的兄弟姐妹，这些狗娘养的！"报上触目惊心的消息立即像一颗火星一样，在士兵中迅速燃烧开来。他们越说越气愤，个个摩拳擦掌，"呼"的一下群起向指挥所走去。

指挥所门前，除了刚来的几十个北意大利皮蒙特士兵，已经有百十个人头拥在门口攒动不已了。"他们这么做，不是摆明了在我们背后放黑枪吗？！"众人一起责问

中国青少年智慧阅读书系

指挥官。

指挥官好不容易才压低了众声，连忙解释说："大家请安静，请安静！这些报上的情况是否属实还有待调查，大家千万不要被敌人故意制造的假象迷惑啊。"

然而，面对报纸上刊登出的大量皮蒙特居民同当地警察流血冲突的消息和图片，还有死伤者的姓名、年龄、性别与职务，意军士兵的情绪怎么也无法控制，有的高声咒骂，有的则痛哭流涕。

指挥官几乎上前试图拍拍一个士兵的肩膀以示安慰，可被对方一下就甩开了。万般无奈之下，他只得半命令式地说："不管怎样，这都要等与后方取得联系后我们才能证实到底是怎么一回事。目前，我们一定要团结一心打退敌人的进攻。"

"去你的吧！我们可不愿意为那些在背后捅刀子的人卖命。"不知是谁的一声反调，大家"哄"地一下便散开了。

就这样，那些不新不旧的报纸像一枚巨大的炸弹，刹那间便打碎了意大利士兵的战斗激情，使他们一个个变得神情沮丧、垂头叹气。德奥联军趁此机会大举进攻，一举突破了意军的防御。

原来，德奥联军在计划发动卡波列托战役时，通过内线了解到对方是一支由地域观念极强的北意大利皮蒙特人组成的军队。于是，他们伪造了大量的北意大利报纸，在发动战役的前夕，悄悄扔到意军的战壕里，展开心理攻势。而意军也就果真中了圈套，从而如大堤垮塌般瞬间瓦解，短期内竟折损了四十余万人马。

所谓攻心为上。德奥联军通过报纸这一媒介让对方产生质疑，扰乱军心，削弱意志，以达到从内部控制、瓦解对方的目的。这是一种能够高效率"软化"目标，为"硬性"进攻创造条件的攻心术。

在为人处世的时候，如果能够多站在别人的角度上思考，有很多事情就会迎刃而解，有很多误会就能够消除。在人际交往中，如果懂得抓住对方的心理，那么就很容易建立和谐的人际关系。

丘吉尔痛施"苦肉计"

1940年11月14日,英国考文垂市的居民像往常一样享受着自己的生活,丝毫没有觉察到夺命的德国轰炸机正慢慢地接近他们的城市。晚上7点05分,市区内突然响起刺耳的防空警报声。5分钟后,德国"海因克尔"飞机在城市上空出现,疯狂地进行了为时10个小时的持续轰炸。巨大的爆炸声使该市地动山摇,城市瞬间变成了一片火海中的废墟。

与此同时,德国轰炸考文垂市的消息已进入了英国首相丘吉尔的耳朵。丘吉尔保持了沉默,但无人能理解他的愤怒和痛苦。因为,丘吉尔事先已经知道了这次德国准备空袭考文垂市的计划,但他却没有采取任何的防御和转移措施。事后当人们得知这一真相时无不目瞪口呆,丘吉尔为何这样做?

这一切还得从一种被称作"英尼格码"的密码机说起。德国人发明的这种机器具有很多优点,它的价格十分低廉,且结实耐用,操作和保养也十分简便,携带方便。最重要的是这种密码机能随意组合字母,无限加密,一天一换。如果不知道编码的程序,这种机器对于缴获者来说是没有任何用处的。希特勒为此曾不止一次夸下海口:"谁能破译它?英国人?做梦去吧!"

1939年8月,英国谍报机关不仅搞到了一台"英尼格码"机,而且在随后的时间里集中了全英国最优秀的数学家、密码学家、语言学家和电子专家,终于破译了"恩尼格玛"的所有密码。从此,英国皇家空军扭转了处处挨打的被动局面,往往能根据准确的情报使德国空军损失惨重。

希特勒见屡次吃亏，便因此对密码机是否泄密产生了怀疑，特意布置了"月光"行动。1940年11月12日晚，一份刚刚破译的加急电报被第一时间送到了英国首相丘吉尔的办公桌上。邱吉尔只向桌上飞速地扫视了一眼，便"腾"地一下从座椅中站了起来。电文告知：48小时后，德国飞机将空袭英国中部重镇考文垂，行动代号为"月光奏鸣曲"。

这"月光奏鸣曲"的计划，是狡猾的法西斯头目希特勒自以为得意的"杰作"，它是有意试探英军虚实而故意布置的一次空袭。

而身为战略家的丘吉尔也对眼前这份电报中一反常态，对相关地名并未加密的细节有所注意。几经思考，他判断希特勒对于"英尼格码"的安全已经产生了怀疑，所以采取了"打草惊蛇"的计策，故意把袭击地点没有加密，看英国人是否防备。

怎么办? 丘吉尔把那份破译的电文抛到桌子上，伸出双手、叉开十指，分别轻柔太阳穴，眼前浮现出的全是考文垂遭炸后的惨状。这是一座拥有一大批古老建筑的历史古城，同时还是英国主要的武器生产中心。

丘吉尔召开会议讨论对策。在会上许多人建议采取措施保卫考文垂。考文垂不仅是一座拥有历史价值的古城，还是英国的主要军火库之一。当时英国有410门机动高炮可供使用，当然可以把这些高炮火速调来加强考文垂的对空防御。

但是，丘吉尔却做了个大胆的行动，就是任德国人来炸。他认为，如果英国加强了考文垂的防御，德国人就会怀疑英国人已经得到了空袭的警告，这样，就会让他们对自己的密码安全产生怀疑。

是"超级机密"重要，还是一座工业城市重要，这一点，在英国人的会议上出现了较大的分歧。一时都不知如何是好了。丘吉尔的心在颤抖，身子深埋入沙发，陷入沉思。一分钟、两分钟，半个小时过去了，丘吉尔无奈地深叹一声：采用"苦肉"计是没办法的事情，为了整个大战的利益只能牺牲考文垂了。最后，丘吉尔决定，放弃考文垂，保护英国已经破译密码机的这个"超级机密"。因为"超级机密"的价值不止一个城市，它将是整个战争胜利的保障。

两天后，德国人果然按时行动了。11月14日夜晚，德国轰炸机准时出现在了考文垂的上空，无任何阻拦，如入无人之境。一阵持续十小时的狂轰滥炸后，考文垂变成了一座火城，处处浓烟滚滚、火光冲天。丘吉尔和所有英国人一样，心在流血。

至此，德国人彻底解除了疑虑：噢，原来英国人还是"睁眼瞎"，我们的"英尼格码"仍然天下无敌！

但随后，英军没有让考文垂的人民失望，没有让整个英国失望，他们把"秘密武器"用在了重创德军的刀口上。在事关战争全局的阿拉曼战役中，"秘密武器"让德军陷入时时挨打的被动困境。德军指挥官隆美尔与希特勒之间的每一份电报都被英方破译，英军对德国情况了如指掌，势如破竹，屡战屡胜。最终，让纳粹德国再也无力挽回败局。

面对希特勒的"诱惑"，丘吉尔能够"忍痛割爱"，从长远、全局、战略的利益上来考虑问题，体现出他顾全大局、力揽大势的谋略。其实，丘吉尔做出这个决定是非常艰难和痛苦的：一方面是取得战争全局的胜利，一方面是眼睁睁看着人民受苦受难。一个是长远利益，事关全局；一个是眼前利益，局部受损。但是他仍然做出了一名卓越的政治家和军事指挥员应该有的抉择。有时的后退一步是为了更好地前进两步，把拳头收回来，出拳时才会更加有力。

正所谓"两利相权取其重，两害相权取其轻"。在错综复杂的局势中，只有具备思维的广阔性，才能全面考察和认识问题，否则就不能抓住问题的关键和要害，造成决策的片面性和狭隘性，顾小而失大。

知己知彼险偷袭

自从1937年日本全面发动侵华战争以来,美日关系逐渐恶化。到1940年,由于受德国席卷中、西欧的刺激,加上对华战争一时难以取得决定性战果,国内对战略物资(尤其是石油)的需求又日渐迫切,日本决定加大向东南亚扩张的进度,从而引起了美方的极度不安。

为了给日本一点颜色,美国冻结了对日本的经济贸易。对此,日本明白,要么从中国撤兵,停止扩张,外交上向美国靠拢;要么自组旗帜,南下夺取战略资源,继续加强对外侵略。而南洋有美、英等国的殖民地,进军南洋就等于向美、英两国宣战。由于美国冻结了日本在美国的资产并对其实行禁运,日本的石油储量已经不能支持到4个月后夺取南洋的油田。1947年7月2日,日本御前会议决定,即使冒与美、英开战的危险,也绝不放弃南进。

太平洋上的珍珠港是海上交通的主要枢纽,日本认为要想南下的道路畅通无阻,就必须先在太平洋上夺取制空制海权。而摧毁珍珠港则成为重中之重,于是珍珠港突袭便应运而生。而促成这次偷袭的灵魂人物,就不得不提到时任日本联合舰队司令山本五十六。

山本曾多次赴美,或求学或考察或任职,对美国的经济和军事潜力有着极为深刻的了解。当日本高层决定了与美、英开战后,他便竭尽全力策划组织对美国的作战方针。1939年8月底,山本五十六升任联合舰队司令。基于对自身情况的认识和对美军舰队实力的了解,他认为,在所有削弱对手实力、毁灭其打击能力的战略中,第一步,就要先发制人。如果开战,应该首先利用航母舰载机对珍珠港发动先发制人的突袭,使美国海军在太平洋的实力暂时瘫痪一年到一年半,日军则趁机横扫太平洋,夺取所需物资,并且迫使美方承认日本在太平洋的既得利益。

于是,山本做出了一个空前大胆的决定:对美国太平洋舰队进行突袭。得到授权后,山本便开始了有针对性的训练。一方面,针对珍珠港水深仅10至12米的地形特点,鱼雷机飞行员集中在地形近似珍珠港鹿儿岛的樱岛训练时,山本就命令投雷高度从1000米逐渐下降,最后一直降低到20米。这完全模拟了实战。除此之外,接近港湾后先降低高度,以50米高度在峡谷中曲折穿行,一飞到海面就降低到20米,并立即向目标发射鱼雷。整个攻击动作反复进行演练,动作要领已经被飞行员牢记在心。

同时,水平轰炸机飞行员在有明湾海军轰炸靶场进行训练时,日军在靶场上标出与美军战列舰同样大小的靶标。经过两周的单机和编队轰炸,飞行员的投弹命中率已高达80%,而且命中精度达到300米高度误差在30米内的极高水平。

俯冲轰炸机和战斗机飞行员也进行了针对性训练,都达到了训练要求。为了在空袭中取得更好战果,山本还亲自对所有飞行员进行了美军舰艇的强化识别训练。

1941年9月,联合舰队在海军大学举行了图上作业演习。

11月上旬,所有参加突袭作战的舰艇,完全按照突袭计划,以集结在佐伯湾的联合舰队主力战列舰为目标,连续进行三次综合攻击演习,作为战前训练的检验。由此,山本认为攻击效果良好,已经达到了训练目的。于是命令参战部队总结演习经验,返回各自基地,进行最后的出发准备。

11月23日,所有参战舰艇的舰长和飞行军官,一起研讨作战方案中的关键问题。次日,所有飞行员在珍珠港的沙盘模型上明确了各自的任务。

在敌我双方力量已被日军反复揣摩了数遍之后,终于,1941年12月7日凌晨,日本的突击编队经过12天约6600千米的航程,顺利抵达了珍珠港以北约420千米的预定海域,随时待命。

攻击珍珠港的飞机共有三种:三菱A6M零式战斗机,这是当时全世界性能最好的战机。作为攻击主力的是D3A99式俯冲轰炸机和B5N 97式舰载攻击机,前者装备有500磅以上的炸弹和3艇7.7毫米机枪,后者可进行水平攻击和发射鱼雷。日本的6艘航母上共有378架飞机,每组飞机乘员都至少经过50次的严格训练,非常熟悉美方的舰船特征。

不多时,第一攻击波183架飞机终于起飞,穿云破雾,扑向珍珠港。7时53分,发回"虎、虎、虎"的信号,表示奇袭成功。此后,第二攻击波的168架飞机再次发动攻击。

后来的情况自不必说。美军几乎像"看电影"似的被轮番轰炸,损失惨重:8艘战列舰中,4艘被击沉,1艘搁浅,其余都受重创;6艘巡洋舰和3艘驱逐舰被击伤,188架飞机被击毁,数千名官兵伤亡。而做了充足准备的日军,只损失了29架飞机和55名飞行员。

这次事件直接导致了太平洋战争的爆发,也由此将美国卷入了第二次世界大战。单从局部战役上来看,日本海军就是在充分"知彼知己"的基础上大胆创构、全面准备,从而才一举成功的。

山本在训练日军做偷袭准备时,几乎每一项训练都是有针对性的,不放过任何一个细节。

只有在把双方情况都了解透彻的基础上,相互对比,相互转换,才能加强行事效率,提高成功的命中率。

"知己知波"是一种互动而辩证的制胜方略。"知己",就是要了解自己的进度和深度,做到适时调整,有条不紊;"知波",就是要明确目标、任务和要求,做到针对性强、扎实有效。

"天兵天将"克"台风"

1941年6月22日凌晨4时30分，德军实施"巴巴罗萨"计划行动，大举突袭苏联。在这场历史上规模最大的一场闪击战中，超过300万德军在北起波罗的海、南至黑海的1800多千米的漫长战线上分为北方、中央、南方3个集团军群向苏联发动猛烈进攻。第二次世界大战由此进入新阶段。

在苏德战争的头18天，苏联损失2000列火车的军火，3000门大炮，2000架飞机，1500辆坦克，以及30万苏军被俘。

德军在占领明斯克后，攻占了苏联首都莫斯科的门户斯摩棱斯克，合围了苏军十几个师，切断了苏联西部最重要的交通干线明斯克–莫斯科公路，并将德军中央集团军群的司令部设在此地。而此时德军离莫斯科仅有380千米之遥了。

德军分调部分进攻莫斯科的中央集团军群主力进攻南方的基辅，以占领苏联的粮仓——乌克兰。基辅战役从盛夏打到秋初，苏军在基辅防御战中严重失利，不仅损失了前沿兵力，而且用于这个方向上的预备队也消耗殆尽，部署在基辅地域上的两个方面军中，有6个集团军被合围，西南方面军主官全部阵亡，尚有几个集团军的司令被俘，据德军方面宣布，德军围歼苏军66万人，是历史上最大规模的歼灭战。

9月，北方集团军群已经占领立陶宛、拉脱维亚和爱沙尼亚，进抵列宁格勒近郊，并联合芬兰军队完全封锁了列宁格勒，开始了持续达900天的列宁格勒保卫战。德军虽然在南方和北方取得重大胜利，但在北路列宁格勒却没有完全得手，而中路却错过了进攻莫斯科的最好时机，也错过了一举击溃苏联的最佳机会。闪电战没有

中国青少年智慧阅读书系

取得预期的效果。

在"闪电战"计划破产后,德军被迫缩短战线,妄图集中力量,一举攻克前苏联首都莫斯科。丧心病狂的希特勒通过电台向全世界叫嚣:"我们将在莫斯科过圣诞节!"

代号:"台风"行动;时间:10月份;目标:莫斯科。

1941年10月,德军对莫斯科发动了代号"台风"的大规模攻势,把最精锐的部队投入了战场,共有近75个师、180万人,1700辆坦克、1390架飞机和14000多门大炮及迫击炮。

面对洪水猛兽般的德寇,如何来扼制其嚣张的气焰?如何来保卫自己首都的安全?这一系列的问题紧迫地摆在苏军部的各位将军面前。

"我认为,敌人的兵力过于强大,我军不如暂避锋芒,而不必为了一城一地之得失伤了元气。"

"不行,首都万不可撤离,它是全国政治、经济、军事和文化中心,也是铁路交通枢纽,具有极其重要的战略意义。莫斯科一旦被攻占,苏军主力就很容易被击败。现在唯一的办法是结集各路部队,在莫斯科城外与德军决一死战!"

统帅部会议室内,烟雾缭绕。将军们各抒己见,气氛热烈。可是争来吵去,没有一个人的方案被大家一致认为是万全之策。

正当大家你一言我一语时,只有一位将军时而翻看情报,时而查阅地图,笑而不言。

"喂,瓦西里将军,听听您的意见如何?"有人向他发问。

"我的作战方案可以概括为一句话:借助天兵天将。在中国不是有个古老的说法,叫做天兵天将吗?我这次要借助的天兵天将是……"瓦西里将军微笑着把他的计划娓娓道来。

"好,就照您的方案办!"最后,统帅部一锤定音。

10月初,德军进攻莫斯科的炮声打响了。苏联的秋天道路泥泞,给德军摩托化部队带来了极大的困难。瓦西里将军所预计的"天兵天将"开始初露头角。其实，这个绝密情报就是莫斯科冬日少有的严寒，而这是瓦西里从气象站的综合天气预报中得知的。严寒——这支苏军的"奇兵"，一出现便迫使敌人残废的残废，染病的染病，倒毙的倒毙。它使敌人的坦克无法开动，大炮的瞄准镜失效；枪枝因冰冻而卡死。德军几乎完全丧失了战斗力。

直到12月初，莫斯科的气温已下降到零下20至30度，德军没有棉衣，单衣的锡制纽扣都冻成了粉末，而苏军则早已习惯了寒带生活，而且穿上了棉衣、皮靴和护耳冬帽，特意派出一支冬训有素的西伯利亚部队，从莫斯科南面和北面展开猛烈的大反攻。

从10月初的零下8摄氏度，到12月的零下30摄氏多度，严寒这支"天兵天将"击打得德寇溃不成军，冻死冻伤了德军数十万人。1942年初，苏军击溃了进攻莫斯科的德军，毙伤十六万八千人，把德军赶离莫斯科一百到二百五十千米，取得了莫斯科保卫战的胜利。

德军在莫斯科战役中的失败，标志着希特勒闪电战的彻底破产，也是德军在第二次世界大战中的第一次大失败。而苏军的胜利，极大地鼓舞了苏联人民和全世界人民反法西斯战争的胜利信心。

这是一个巧用"天时"的好例子。满足每一名战士最基本的生存需求，是有效发挥战斗力的根本前提。苏军正是利用了冬季的严寒天气是德国人难以适应的这一点，获得机会从根本处削弱敌人，达到了"釜底抽薪"之效。

古时的"作战三宝"亦可运用在现代的立世行为上，即：天时、地利、人和。而无论是哪一项，都是一种"势"的体现。顺"势"而为，也可谓是一种谋略。在不能凭自我意愿所改变的事情面前，要顺应事物本身的发展方向，因势利导，而非直接强行。

打开车灯，浑水摸鱼

"目前，德军正在从彼列拉佐夫斯基附近向顿河方向撤退。我们必须连夜抢占顿河大桥，切断敌人的退路，为全歼德军夺得战机。我们一定要夺取敌纵深方向卡拉奇附近顿河上唯一剩下的桥梁，堵死敌人的退路。"苏联红军第 26 坦克师师长罗金少将在作战会议上向指挥官们布置了战斗任务。

这天是苏联卫国战争期间的 1942 年 11 月 21 日。卫国战争是第二次世界大战中，从 1941 年德军撕毁盟约，对苏联发动突然袭击后，苏联人民进行的自卫反击。而对于卫国战争来讲，起到关键转折作用的，就是两天前苏联红军在斯大林格勒周围地域开始了从防御转向全线反击。

当时驻扎在斯大林格勒市区和西部的德军第六集团军是德军的主力，有 30 万人。按照苏军的反攻计划，苏军朱可夫将军跟华西列夫斯基将军会对这支部队完成合围，彻底歼灭他们。但是对方纵深 10 余千米，背靠顿河，如果从正面进攻，苏军的损失会非常大。所以，只有通过抢占顿河，才能既截断德军退路，又能使苏军通过顿河大桥得到源源不断的增援。

眼下，战场形势刚刚发生了质的改变，苏军反击初始，德军同样对顿河大桥 24 小时严阵以待，布置了重兵把守，修筑了碉堡工事。

此时，苏联红军第 26 坦克军奉命执行穿插任务。按常理，夜间在敌阵地的间隙地穿插，要严格控制灯火，进行严密伪装，以搜索队形前进，并随时准备战斗。但是如果采取这些措施，无疑将大大影响穿插速度，难以及时穿插到位。罗金少将接到的命令是：全线追击受到重创的德军,并要赶在敌人之前抢占顿河桥,切断 33 万敌军的退路——不得不说,这是一项极其艰巨的任务!

此刻,罗金少将环视着参加会议的指挥官们,胸有成竹地说:"没有克服不了的困难,我们一定要完成任务,我们一定能完成任务!"

一位部将问道:"前面几十千米都是敌人的防御阵地,我们怎样才能通过敌人的防御区呢?"罗金少将回答:"我已经考虑过了。现在德军战场十分混乱,我们派坦克公开通过敌人防御区,不会引起敌人的特别注意。最危险的地方也往往是最安全的。"

罗金少将对周围的指挥官们说:"这次行动任务艰巨,靠硬拼硬打是无法抢占顿河桥的。我们不妨学学两千多年前的中国人,采用心理诈术来智取,中国的楚汉战争中,汉将张良曾用四面楚歌韵攻心战瓦解了楚军军心,这就是一则巧用心理智谋、反常规的范例。今天我们也应该一反常规,给敌人造点错觉。"

22 日凌晨 3 时,还是月光普照、星光闪烁的黑夜,曙光尚未升起。从离顿河大桥不远的两千米处传来"轰轰隆隆"的声音,越来越近。只见苏军第 26 坦克师先头部队的上百辆坦克已全部开着明亮的车灯,成一路行军纵队,沿着从奥斯特洛夫到卡拉奇的公路,穿过德军数十千米的防御阵地,向顿河大桥开进。

到凌晨 4 时,苏军坦克已通过德军三道防线,离顿河大桥只有 5 千米了。正在这时,前方出现了德军的一个哨卡,几名德军上下挥摆小旗,示意坦克部队停车检查。走在前面的苏哈洛夫团长从容地打开舱盖,向德军挥动了一下手中的德式钢盔,用手指了指身后长龙般的坦克部队,高声地用德语喊道:"前进!前进!"这几名德军见这些坦克列队整齐,大模大样地开着车灯,断定是自己的坦克部队,便挥旗放他们通过。

然后,这支"自己人"的车队,竟然再没有受到任何怀疑,被允许大摇大摆地开赴目的地。

事实上,德军的确钻入了苏军的"心理口袋"。以他们的眼光看,苏军坦克若是

夜间进攻，不可能会明目张胆地开亮大灯，自己暴露自己；也不可能不讲战术，排成纵队开进；更不可能不开枪、不开炮，前来送死。因此，他们深信不疑地把那支深夜通过顿河大桥的车队当作了自己人，没有经过丝毫的查问，就让这些坦克大摇大摆地开了过去。

当车队中最后一辆卡车的后轱辘轧过顿河桥的那一端时，黑夜的上空"嗖嗖"升起了七颗红色的信号弹，格外醒目。它在黎明中熠熠生辉，同天空中种种奇妙的颜色相比，显得是那样美丽动人。这是第26坦克师向苏军指挥部发出的胜利信号。

就这样，苏军的反击进行得如火如荼。至1943年2月，德军主力被全部歼灭，德军损失惨重，完全丧失了战略主动权。苏军基本上扭转了卫国战争和二次大战的全局，为不久后的库尔斯克战役和整个苏联卫国战争的胜利奠定了坚实的基础。

最危险的地方就是最安全的地方，离敌人越近，对方就越能发挥最大的掌控能力——人对自己能力控制范围内的事物有时便会放松警惕，反而对我们更加安全。苏军正是利用了这一"反常规"的心理，凭借过人的胆识和勇气，临危不惧、沉着冷静，从而不知不觉中实现了自己的作战意图。

悟理
从另一方面来看，青少年朋友也要清楚地看到一点，问题往往都出现在身边的人和事上。所以遇到情况时要格外留意，不能防外不防内，防远不防近。

真尸体的假情报

1942年隆冬,正是第二次世界大战同盟国由被动转入主动的关键时刻。伟大的苏联红军在斯大林格勒会战中已取得决定性的胜利,开始准备反攻;轴心国中的日本在太平洋战区惨遭失败;德国隆美尔军团在北非遭到沉重打击,整个世界战局对美英联军在欧洲开辟第二战场极为有利。

1943年春天,当第一缕春风掠过摩洛哥滨海城市卡萨布兰卡时,美英最高级军事会议悄悄达成协议,选择适当时机在意大利和法国实施登陆作战,开辟第二战场。这个第二战场最好放在哪里呢?联合计划参谋部的作战指挥官们眼睛几乎都盯住了地中海上的最大岛屿——西西里岛。

西西里岛就像一艘巨大的三角形航空母舰,漂浮在波涛汹涌的地中海上。由于它地处要冲,战略地位十分重要。德、意军队在这个面积仅 2.5 万平方千米的小岛上,修筑了 10 个飞机场,部署了 13 个主战师和 1400 多架飞机,总兵力达 36 万多人。

尽管如此,盟军对西西里岛依然志在必得。因为攻占西西里岛可使地中海运输线更为安全;分散德国对苏联前线的压力;增强对意大利的压力。不过,面对德、意庞大的守军,盟军将领们一时也束手无策。辽阔的海峡、坚固的工事和精良的装备,如果全凭武力攻占,那将是一场十分残酷的战斗,即使盟军攻下西西里岛,付出的代价也必将是惨重的。必须先想办法把敌军从这里"调走"。

1943年4月底的一天,在西班牙韦尔瓦附近的海里漂浮着一具飞行员的尸体。不久,男尸就被当地渔民打捞了上来。从死者穿的军服上可以看出,这是一位英国皇家海军陆战队的少校军官。在打捞现场的附近海面上,还发现一艘撞坏了的橡皮救生艇。

当时正值第二次世界大战的攻坚时期,为了保证同盟国在地中海航线的畅通,并迫使意大利投降,美英盟军计划在1943年7月在意大利西西里岛进行一次大规模登陆作战。但不曾想这个机密却被希特勒提前发现,所以在西西里岛设下了重兵。对此,盟军用西班牙的这具男尸表演了一出"调虎离山"之戏,而希特勒果真就中了圈套。

西班牙是德国的盟国,在其境内发现英军尸体的情况立即被报告给德国的有关方面。这一下引起了希特勒不小的兴趣,下令秘密地把英飞行员的尸体送到西班牙首都马德里的参谋部。

随尸体一起被带来的还有一只黑色的公文包。参谋部的侦查员拉开了黑色皮包,发现里面果然有重要文件。他们赶紧把文件拍成照片,送往德国领事馆。如获至宝的德国人又火速将其报到希特勒最高统帅部。

原来,这位死者是英国的马丁少校。在他的衣袋中,还发现了4月22日伦敦的戏票存根,说明马丁不久前还在伦敦看过戏。

在这之前,希特勒本来认为盟军会选择地中海的西西里岛作为进攻目标,故而在那里部署了重兵。但在看了马丁少校携带的重要文件后,德军最高统帅部立即改变了战略,决定把兵力从西西里岛调往希腊。

然而,1943年7月9日,盟军大举进攻西西里岛。希特勒一听,还奸笑着说:"这是佯攻,我决不会上当!"可这并不是盟军的佯攻,而是主攻。很快,盟军便登陆成功,一举拿下了西西里岛。

原来,那具真的尸体是英国谍报部门设下的一场骗局,导演者就是蒙塔古少校。这是一位很有经验的间谍战老手,他为了迷惑敌人想尽办法,最后选择了一具患肺炎死去的青年尸体,给他穿上了少校军服,放上公文包,成为了"马丁少校"的冒牌货。而那张伦敦戏票的存根，是让这幕戏显得更加真实可信的画龙点睛之笔。它有力地证明了马丁少校是从伦敦坐飞机时中途不幸出事而坠海的。

为什么要选择肺炎死者的尸体？这是蒙塔古精心策划的。他考虑到溺水而死的尸体胸部会充满水分，而肺炎死者的肺里也充满液体。如此的以假乱真就不容易露出马脚了。

至于公文包里的文件，是英国总参谋部副总参谋长写给地中海联合舰队亚历山大上将的一封信，信中故意谈到西西里岛并不是盟军进攻的目标。实际上，参加演出的还有一艘英国潜艇，马丁少校的尸体就是这艘潜艇悄悄从海底运送到西班牙的那片海区的。就这样，一尸、一信、一票根，足以引起希特勒的高度重视，使老奸巨滑的纳粹头子马上改变了战略方向，调重兵前往希腊。

与此同时，作为"真尸体"这场戏的"外援"，盟军司令蒙哥马利元帅还奉命离开英国，到直布罗陀和阿尔及尔视察。纳粹当局特意派出间谍追踪，拍回了"蒙哥马利"的照片。其实，"蒙哥马利元帅"和"马丁少校"一样都是假的，他们拍回的照片只不过是一个名叫杰姆的中校，此人战前就是一位演员。

根据"马丁少校"的那份密件，又根据蒙哥马利元帅的行踪，希特勒断定盟军不会在诺曼底登陆，从而调走了驻守诺曼底的两个坦克师和六个步兵师。这无疑为盟军在诺曼底登陆的成功创造了极其关键的条件。

戏演得真实，才能够让观众感动和信服。战场中的计谋也要下足工夫，才不会让对方抓住把柄。这场"调虎离山"大戏做得几近完美。如此天衣无缝的圈套，希特勒怎能不信，胜利又何必再愁呢？

面对不利条件，并不一定非要正面破之。所谓"调虎离山"之计，高就高在一个"调"字。以对方最感兴趣的信息点作为诱饵，才会让计谋逐层地施展开来。

无毒药丸"苦"致命

1943 年底的丘吉尔战时内阁所在地大乔治街 2 号，是英国伦敦监督处的所在地。大门上挂着一个以古罗马神话中专门兴风作浪的小精灵萨图恩为标志的徽章，而里面的人们则在策划一场要使德军相信诺曼底登陆只不过是一场为了过早消耗其后备部队的佯攻的计划。

1943 年 12 月，由盟军最高司令部副参谋长摩根中将提议，制定相关的欺骗和保密措施，以确保诺曼底登陆的成功。于是一项代号为"杰伊"的计划，便由以英国伦敦监督处作为核心部门担纲实施。正像丘吉尔在战后感慨的那样："战争中真理是如此宝贵，但要用谎言来保卫。"1944 年 1 月，约翰·比万正式接手"杰伊"计划，并将其改称为"卫士"计划。这次行动计划的领导者约翰·比万，是一位有着"诈骗总管"绰号的陆军中校。

被称之为"卫士"计划的其中一个目的就是要使德军相信诺曼底登陆只不过是一场为了过早消耗其后备部队的佯攻。可是稍有军事常识的人只要发现在诺曼底登陆的第一梯队有 8 个师的规模时，就足以肯定这是主攻。而负责"欺骗行动"的英国陆军中校约翰·比万就是要在不可能中创造出奇迹来，即使不能使德军相信的话，也至少要扰乱德军的判断，尽量拖延德军作出正确结论的时间。

为此，英国甚至不惜血本，组织过一次异常狡诈，甚至可以说残忍卑劣的行动。1943 年 7 月，法国北部隶属于英国特别行动处的代号为"繁荣"的抵抗运动小组，由

中国青少年智慧阅读书系

于亨利·德古的告密而被德国盖世太保破获，包括负责人弗朗西斯·苏蒂尔在内的数十名抵抗运动成员被捕。

盖世太保胁迫被捕的"繁荣"小组报务员继续保持与英国总部的联系，因为报务员的收发指法如同人的笔迹，难以假冒。报务员乘机按照事先规定不发安全密码向总部告警，所谓安全密码就是在规定的某行某个单词，故意拼错或重复，如果没有在约定的地方拼错或重复单词，就意味着电台已被德国控制。

然而，英国总部不顾机智的报务员发去的"安全密码"告警，依然与其保持联络，甚至还按照德国的要求空投大量的武器、通讯器材、活动经费甚至新的特工。毫无疑问的是，这些物资和人员一落地就落入了盖世太保之手。

众所周知，盖世太保的刑讯逼供是常人无法忍受的，英国所有派遣到被占领土的特工都携带剧毒药，以便在被捕时或无法忍受刑讯时用以自尽。梵蒂冈的罗马教皇还专门为无法忍受盖世太保刑讯而自尽的基督徒颁布特赦，赦免他们自杀的罪过。

可是，当"繁荣"抵抗小组的骨干人员和后来空投的特工们被捕后历尽严刑拷打，暗地服下药丸后，血液依然流淌、气息依然出进——他们携带的是无毒的药丸！这样，求生无门、求死无望的特工最后终于供出了自己的任务：袭击德军在加莱的指挥部、通信中枢、岸炮以及供电系统，配合盟军的登陆。盖世太保对这些在多次刑讯逼供之后才得到的口供的真实度深信不疑，进而得出盟军将在加莱登陆的结论。

实际上，告密者德古就是根据伦敦监督处的绝密指令以"苦肉计"的方法获取盖世太保的信任，从而打入德国情报机关的。落入盖世太保手中的英国特工绝大多数都被处决或送入死亡集中营。盖世太保怎么也想象不到，英国情报机关会无耻到这样地步，用价值数十万美元的武器装备和数十名忠贞部属的生命为代价，只为了提供一条假情报。完全可以说，这些人才是诺曼底登陆中最可歌可泣的无名英雄，他们以自己的生命挽救了成千上万盟军士兵和被占领各国人民的生命。德古则被法国的抵抗运动以内奸的罪名处死。

战争还未结束,英国情报部门就派出专人去寻找这些人的下落,并为他们中的一些人追授勋章,以表彰他们在异常危险的情况下所表现出的非凡勇气和英雄气概。时至今日,这段历史有关当局仍是讳莫如深,根据英国政府特别法令,有关这段历史的档案直到 2050 年才能解密。

由于德军相信了假情报,一贯武断的希特勒居然也改变了将主力设防于诺曼底的计划,转而在加莱进行抗登陆准备。这一异乎寻常的转变使盟军赢得了诺曼底登陆的胜利并成功地开辟了欧洲第二战场,使德军陷入了腹背受敌的困境,加速了纳粹德国的灭亡。

 死间,注注需要那种心理素质极好、抗压能力极强的人。他们有时因做了许多背叛道德良知的事而受到万人的唾骂,真正的上级却不能提供任何实质性的保护。这种为了最终信仰而破釜沉舟的勇气,注注因突破了常人所能接受的想象范围而力获奇功。

我国有句古话叫"舍不得孩子套不着狼"。这种冷酷、残忍、不近情理的"舍弃",在战术上称之为"死间"。作为英军指挥员,为了保存自己、蒙蔽敌人,在迫不得已的情况下,不得不舍弃一些有价值的人和事物。而这种舍弃的决心是需要一种忘我的精神,也需要一种壮士断腕式的勇气和意志。难怪英国首相丘吉尔在诺曼底登陆胜利在望之际,给"卫士计划"的组织实施以高度评价:在英国情报部门悠久的历史中,这是登峰造极的成功!

 生活中,对人对事不要只要只迷信自己的眼睛和耳朵,有时候,你深信不疑的东西,也可能是假的。要看清事物的真伪,只有用心灵和时间去验证。

史巴兹"围魏救赵"

二战期间，虽然苏联领袖斯大林早就向英国首相丘吉尔提出在欧洲开辟第二战场，以实施对纳粹德国的战略夹击，但因当时美国尚未参战，英国根本无力组织大规模的登陆作战。后在 1943 年 5 月的英美华盛顿会议上，终于决定 1944 年 5 月在欧洲大陆实施登陆，开辟第二战场。

紧接着，盟军立即开始制定登陆计划，最终确定把法国西北部城市诺曼底作为抢滩登陆的地点。

对于登陆作战而言，最重要的一个条件就是，首先夺取制空权。在盟军诺曼底登陆之前，德国空军仍然十分强大，德国空军是诺曼底登陆的一大障碍。而就如何夺取制空权，盟军统帅部内发生了分歧。陆军出身的盟军统帅艾森豪威尔将军对于空军作战并不十分了解，面对即将要发动的登陆作战，他主观地认为应该让空军直接在英吉利海峡上空夺得制空权，或者直接出动重型轰炸机打击德军的供给线。他判断德军在正面有一个强大的大西洋壁垒，专门负责每天为德军提供大量供给。如果能切断这条供应线，德军很有可能就无法坚持下去，战场局势随之也会有质的突变。这是一种陆军式的惯性思维，目的直接，目标单一。

而当时美国的一个空军将领史巴兹则持另外一种意见。史巴兹认为，单纯攻击德国人的运输系统，德国空军为保存实力，可能不会派飞机应战，众多的德国飞机一旦到达诺曼底，盟军的登陆作战将无比的艰难。因此，不需要直接打击眼前的敌人,而应该去空袭德国的本土,打击被德军视为生命的石油供应线。现代战争中,没有石油就等于没有血液。后方石油链断裂,前方不可能坚持多久。德军为了保护自己的石油供给,必须要回师救援,这样就可以大大减轻诺曼底上空的压力。

可是,史巴兹的这个建议终究被艾森豪威尔以"现在打到德国本土还为时尚早"为由予以否决。作为盟军的统一行动,史巴兹只好执行统帅的命令,派他的航空队继续去轰炸德军在法国境内和比利时境内的直接供应线。但另一方面,他仍然认为自己的意见是正确的,应该坚持,于是就果敢地对艾森豪威尔说:"我可以执行你的命令,但是你必须给我一小部分兵力,让我去打击德军的石油供应线。"并且坚定地表示,否则他就辞职不干。

看到史巴兹如此坚定的决心,又考虑到对方本就是空军出身的情况,艾森豪威尔不禁也有几分心虚。他最终艾答应了史巴兹这一小小的请求,派出了第八航空队直接深入德国的本土,由史巴兹率领去打击德国的石油设施和石油供应线。

结果就是,前面去打击德军在法国、比利时境内供应线的时候,并没有引起德军过多的牵挂,因为他们不可能只靠一条供应线来提供这么庞大的一支军队的所有给养,支撑全部。德国空军为保存实力,并没有派多少飞机应战。

但史巴兹的第八航空队刚一打击德军的石油供应线,德国空军就立刻把他的空军收缩回去保卫他的本土。这样一来,诺曼底上空的空中优势就全部倒向盟军这一方,德国空军已成了一个无足轻重的因素。这样就使诺曼底登陆得以顺利实行,为开辟欧洲的第二战场奠定了基础。对加速法西斯德国的崩溃以及战后欧洲的局势,都起到了重要作用。

史巴达的策略与我国历史上的"围魏救赵"的战术非常类似。为了确保一场战没的胜利，不让敌人形成拳头状的阵式是很重要的。而分散敌人最好的办法是打击它的要害部位，迫使敌人抽调兵力以图自保。表面上是舍近求远，从看似最远的距离发起进攻，但实际上这却是离胜利最近的地方。

处理事情时不要单纯地就事论事，头痛医头、脚痛医脚，而是致力于抓住对方的要害和薄弱环节，把强敌分散、调动开，再针对其弱点展开攻击。这也就是避高就下、避实击虚、避强攻弱、避锐击衰的战术。

带音响的"伞兵"

1944年,德寇全面转入了战略防御阶段。而美英盟军在诺曼底登陆战役前,企图在圣玛丽埃格利兹地区进行伞降,以作为抢滩登陆的"尖刀部队"。德军也料到了盟军会在此地形甚好的地区空降伞兵,为了及时发现并及早制服可能降临的盟军空投部队,圣玛丽埃格利兹地区的德军指挥部部署了许多巡逻小分队在一些空旷地带进行夜间巡逻。

面对德军的有备而待,美英盟军该怎么办? 如果采用常规方式降落,恐怕伞兵们很容易被巡逻小分队发现,空降兵的突然性和隐蔽性就都丧失了。

这晚,夜色格外浓重,德军巡逻队按照往常一样各自按照自己的路线出发了。

"听! 什么声音? "一个士兵突然警觉地叫道。

行进着的巡逻一分队立刻站住了。大家开始侧耳倾听,天空中似有似无地传来一种微弱的"嗡嗡"声。

"像是运输机的声音。"

"是向左面飞的。"

士兵们顺着声音把目光投向了左前方,不用看就知道,那里有一大块便于藏匿的小树林。中尉马丁马上想到:不好,美国佬可能要在那里投放伞兵。"向左面小树林前进,对那里进行全面搜索! "中尉果断地下达了命令。巡逻队立刻改变了原来路线朝小树林方向进发。

就在马丁小分队还没有靠近小树林时，便听到树林里传来了"哒哒哒"机枪扫射声及其他许多火器的开火声。

"散开！悄悄地向树林里推进。不要中了埋伏！"马丁命令士兵。

待到小分队散摸索着进入小树林后，只听得里面的战斗正激烈地进行着。马丁想，一定是其他几个分队与空降兵已经接上了火。

刚一进入小树林，小分队的士兵很快就向树林里面进行了射击。不出所料的是，立即遭到了对方猛烈的反击，双方在近距离的交火已经让几个士兵阵亡了。马丁指挥小分队凭借猛烈的火力，逐渐把敌人逼退过去。

突然，不知哪里传来的一声大喊："别打啦！别打啦！我们是自己人打自己人。"

马丁仔细一听，呀！那不是二分队扬克的声音吗？"停止射击！"马丁很快与二分队的人合在一处了。

"这是怎么回事？我们还以为遇到了敌人的伞兵。"

"鬼才知道，我们也是听到了枪声赶来的。听，枪声到现在还没有停。"于是，两个巡逻队在树林里搜索开了。很快，他们从不同地点发现了那发出枪声的怪物——盟军空投的音响。"见鬼！白白损失了我们六个士兵。"马丁骂着。

接下来的几天，盟军于预定伞降地域两翼又投下了带有音响装置和实弹射击模拟器的假伞兵，诱使德军包围伞降地域。德军连续几次都扑了空，慢慢地便没有人对此再感兴趣；疲惫不堪的巡逻兵也不愿去小树林搜索了。

一个星期后，德军指挥部又接到盟军在小树林空投伞兵的报告，遂被认为一定又是那些美国佬在捉弄他们，便没有采取任何措施。然而，当德军从梦中惊醒的时候，才发现，此时整个圣玛丽埃格利兹已经被盟军的伞兵突袭队毫不费力地占领了。

伞降成功之后，盟军的空降兵部队毫不费力地站稳了脚跟，成了诺曼底登陆作战的一支先头突击部队,为整个战役的胜利奠定了初步的基础。

战争中,伪装骗敌、故布疑阵、真真假假、虚虚实实,令敌人真伪难分,最终中我之计,这些都是久用不衰的谋略。这个战例很像是"狼来了"寓言的创新运用,采取了以实示虚的战略。为了掩护在圣玛丽埃格利兹的伞降,盟军在预定伞降地域的两翼接连投下几批带有音响装置和实弹射击模拟器的假伞兵。

盟军利用假目标广施诱饵,有效地调动敌人后再给其造成"虚假"的心理定势。然后变假为真,使对方措手不及,达到"假做真时真亦假"的功效。被反复折腾几次后的德军自然会麻痹大意起来。而盟军也正是抓住了敌人放松之机,如假包换,从而毫不费力地站稳了胜利的脚跟。

把握时机,正确地运用心理暗示之法,有时候能收到良好的效果。青少年朋友要着眼于自己的未来,不失时机地对自己进行积极的心理暗示,使自己能够战胜各种挫折,坚定信念,向着美好的目标奋力前进。

"美女计"
PK"美男计"

1944年3月的一天，驻伦敦的美国情报局第2677特勤队特别情报小组组长斯蒂夫接到德国同事的一个密报："德国最美艳的女间谍汉妮·哈露德突然离开柏林，去往英国。"

汉妮·哈露德可非一般人物。就在一年前，当斯蒂夫和他领导的第2677特别情报组在阿尔及尔伴随艾森豪威尔将军登陆西西里岛时，汉妮就用最古老的美女战术，以肉体的诱惑，不费吹灰之力即从一位深知内情的美军中将嘴里探知了军事秘密。当盟军伞兵在西西里空降时，德军已荷枪实弹恭候多时了。一场计划周密的空降刹那间变成了最惨烈的空中大屠杀。因此，盟军虽然在西西里岛登陆取得了成功，但是却付出了惨重的代价，可以说，此人绝对是盟军的死对头。

但作为一名精干的谍报老手，斯蒂夫心中一动："来得正好。"他要利用这位性感迷人的德国女间谍为盟军服务。

4月，伦敦，盟军某部新来了一位荷兰女译员。她的美貌和魔鬼身材好似上帝的杰作，一出现就吸引了周围人的注意，她，就是汉妮·哈露德。

不久，美国军方出乎意料地以慰劳海外驻军的名义举行了一次空前规模的招待会。在这次招待会上，斯蒂夫巧妙地让汉妮·哈露德认识了第2677特勤队英俊的少尉军官狄恩罗斯。少尉刚刚被斯蒂夫调入特别情报小组并委以重任，不过他并不知道其实自己真正的身份是"饵"——引诱女谍的"饵"。终于，狄恩罗斯在汉妮百般媚力下禁不住诱惑，很快就拜倒在她的石榴裙下，两个人的关系顿时火热升级。

斯蒂夫确定狄恩罗斯与汉妮关系十分密切之后，一阵窃喜：汉妮已死死咬住狄恩罗斯这个猎物——这位让德国情报部深信不疑的女间谍已被美国情报局牵住了鼻子。

当时的情况是，盟军反攻欧洲大陆的确切日期还未确定。为配合这次大规模行动，斯蒂夫决定成立"爱丽斯电影公司"，其使命是让德军误信盟军将在荷兰登陆，使其从其他防线调兵力增强荷兰防御，以减少真正登陆点诺曼底的德军兵力。在"爱丽斯电影公司"的积极造势下，德国的陆军和空军不停地向荷兰境内集中。到5月底，集结荷兰的德军已近10万人。

可是，狡猾的希特勒却始终对盟军登陆荷兰一事心存疑虑，因为他派飞机飞临肯特群岛上空侦察时，发现英国东南部似有重兵云集之象。斯蒂夫决定打出最后一张王牌——把精心伪造的登陆荷兰战略图借汉妮之手，送到德国人手中。

斯蒂夫命狄恩罗斯以"公司"副主管的名义去荷兰执行任务，临行前，斯蒂夫嘱咐他说："你首先要同中断已久的荷兰地下工作者联系。我们要越过德军重兵防守的荷兰海岸线，把这个计划报告荷兰人民……你即刻与特别情报组的其他人员脱离一切关系，直到任务完成。"最后，斯蒂夫故作烦恼地说："现在机构中缺少一个能讲荷兰语的人。"狄恩罗斯听后立即说："汉妮可以担任翻译的！"斯蒂夫顺水推舟，爽快地答应了他。

斯蒂夫让霍华把登陆图放进"公司"的保险柜后，故意将钥匙落在案头三次。然而，作为德国情报部门的一张王牌，汉妮如同狐狸一样狡猾，始终没有去拿钥匙。最后，霍华只好在下班时借故把钥匙交给狄恩罗斯，自己匆匆离去，好让汉妮从容地在这个"美男子"身上下手。

为了确定汉妮是否偷过密件，斯蒂夫让霍华玩了个小把戏——在密件信封的印花上，套上一枚曲别针。信封只要稍微一动，它就会脱落下来。

6月2日下午，霍华邀请"爱丽斯电影公司"同仁到饭店用晚餐，并相约用完餐后大约9点钟回"公司"继续工作，完成一批文件。为了让汉妮赢得宝贵的作案时间，

霍华故意约狄恩罗斯同行,借口有事相商,把他和汉妮分开。就在大家尽情享受美味佳肴之时,在"爱丽斯电影公司"的办公室里,汉妮正用蜡模配好的钥匙摸黑开锁。很快,她用随身携带的火柴盒照相机把登陆荷兰的战略图拍了下来。

晚上九点整,霍华与狄恩罗斯准时回到"公司"。大家均已到齐,独缺汉妮。霍华查了一下保险柜,然后打电话给斯蒂夫汇报说:"套在信封上的回形针已经脱落了。"

电话那头,斯蒂夫不禁面色舒缓下来,随即指示说:"现在,帮助她脱身回国。"

在美英情报人员的暗中尾随下,汉妮顺利地登上了德军潜艇(这是德方应她的无线电紧急要求特意派来的)。她一路兼程,于6月4日赶到德国境内。德军情报机构接到汉妮偷拍的伪造密件的照片后,立即转交给希特勒。不出一天,德国大军纷纷奉命调往荷兰。

6月6日,反攻日来临。盟军开始了划时代意义的诺曼底登陆。由于情报错误,德方终遭败绩。盟军则因反间谍计划成功,减少了许多无谓的牺牲。另一方面,暴怒之下的德军情报负责人希姆莱也不顾汉妮·哈露德的解释,下令立刻将她处死。盟军如潮涌般登上诺曼底之际,正是名噪一时的女间谍汉妮·哈露德毙命柏林之时。

"间"的一种形式就是引诱。释放诱饵,使敌方上钩,这是间谍行为中常用的智略。反过来说,只有不轻易暴露自己的目标和心理,才能避免对方的"投其所好"。

一出反间计,让德国美女间谍为盟军的胜利立下"汗马功劳"。盟军情报部巧妙地将计就计,发现"美女间"后,并没有将其逮捕,也不加以收买。而是使出一例"美男计",故意制造一些假象,让女谍当成重要情报送回去,从而造成了敌方指挥官在判断上的失误。

再狡猾的狐狸,也有遇到好猎手的时候。因此,凡事三思而行,总会得益良多。很多自作聪明的人,往往只看到近在眼前的利益,在觉得自己占了大便宜的时候,往往是吃了大亏,聪明反被聪明误。

中国青少年智慧阅读书系

稻草疑兵巧胜敌

1944年4月,苏军在彼列科普与德军对峙。苏军近卫步兵第3师奉命向在彼列科普地区防御的德军部队发起进攻。为了防备苏军的反攻,德军在阵地上设置了三道堑壕和大量掩体,真真假假,虚虚实实,使苏军炮兵部队无法捕捉到准确的目标。苏军只能实行"地毯式"炮轰,以"宁错杀一千,不放过一个"的决绝之心,企图消耗德军。

进攻开始前,苏军300多门大炮开始了进攻前的炮火准备。这一天,两军阵前,在一度沉寂之后,三百门大炮齐声怒吼,炮弹像暴雨般地落在德军的第一道堑壕上。惊慌失措的德军士兵纷纷躲进钢筋水泥工事中隐蔽,准备在苏军炮火延伸后跃出工事,抵抗苏军的进攻。

可是,除了在德军堑壕和掩体前的土地上频频开花之外,德军士兵几乎无一受伤。德军在彼列科普地区的防御工事多为钢筋混凝土建造,十分坚固,用炮火直接摧毁这些工事,非常困难。于是,苏军决定使用炮火佯动战术,用炮火将德军消灭在工事之外。可是,敌人都躲在战壕里,怎么才能让他们出来呢?

那些德军士兵一个个隐蔽在深深的堑壕内躲避炮轰,以逸待劳。甚至听到了两个士兵兴致勃勃的谈话:"都说俄国佬的炮火猛烈,纵然如此,却也奈何不了我们!哈哈……""是啊,我们在这里休息,让他们尽管用炮弹炸好了!"

他们的笑声引起了德军指挥官的注意,随即大声呵斥道:"你们俩注意点,不知道苏军的'炮步协战'吗?等一会儿炮火轰击之后,就是步兵冲锋,那时才是殊死的拼杀。"

果然,在一阵轰轰隆隆之后,苏军的炮声渐渐稀落下来。他们停止了一半炮火的袭击,用另一边向敌后阵地延伸——德军简直太熟悉对手这种作战方式了,这就是步兵冲锋的前兆。还没等德军士兵准备好,只见远处的苏军阵地上刹那间便矗立其无数条黑影。接着,枪声大作。

"怕什么,炮火不长眼,打我们的同时也会打到他们自己人。"德军指挥官命令士兵们冲出掩体,与苏军近战。就在德军的第一道堑壕前挤满了士兵时,"轰轰轰",苏军又是一阵火炮齐发,只见上百名士兵纷纷倒地。

德军指挥官哪里能想到,出现在苏军阵地上诱使他下令出击的那一条条黑影并不是苏军士兵,只不过是藏身于战壕里的苏军举起的数百个草人。如此,倒在地上的"士兵"中,德军是血肉之躯,而苏军,只是一具具稻草人。

当然,德军对此还并不知情。他们像刚一露头就受到惊吓的蜗牛一样,纷纷丢下同伴的尸体而重新躲回了深壕之中。

遭到苏军炮火巨大杀伤后,德军迅速躲进掩蔽部内,再次等待苏军炮火延伸和步兵冲击。半个小时后,苏军炮火进行了第二次延伸,再次诱使德军上当受骗,使德军又一次遭到重大伤亡。

正在这时,苏军的炮火又故意向后延伸。这让德军指挥官彻底糊涂了,他们心有余悸地议论道:"俄国佬真是不要命了,与咱们玩起了同归于尽的手段。"

"咱们可不能上当,千万不要暴露自己,免得受炮火攻击。"

"可是,俄国的步兵再次冲锋怎么办?"

"不怕,等他们冲近了再说。"

德军在深壕中严阵以待,却再没有看见苏军步兵的再次冲锋。只是大炮一会儿轰向第一壕堑,一会儿又向后延伸,弄得德军打也不是,躲也不是。

经过几度飘忽不定的轰击后,"嗖"的一颗绿色信号弹腾空而起。这是苏军发出的停止攻击的标志。经过极度紧张之后的德军士兵们这才一个个松了口气,懈怠地倒在堑壕内休息。躲在掩蔽部内的德军士兵被苏军前两次炮火假转移射击打得心有余悸,再也不敢轻易走出掩蔽部。当苏军第一梯队步兵已占领前沿阵地时,德军才如梦方醒,但为时已晚,不得不举起手来当俘虏。

由于苏军两次成功地运用炮火佯动,给德军以大量杀伤,为步兵和坦克兵的冲击行动创造了十分有利的条件,步兵和坦克兵不到一小时就顺利突破了德军坚固的防御阵地,大大减少了步兵和坦克兵的伤亡。

苏军的欺骗性战术,通过制造假象,迷惑对手,使对方造成错觉,从而出现指挥或行动上的错误,为自己一方的进攻创造有利条件。

起初,德军以坚固的纵深工事以逸待劳,阻挡苏军。但战场局势瞬即就发生了改变,苏军一直在用小股势力和"稻草人"的假象骚扰德军,诱惑德军进攻或者反击。德国人只要出来就用猛烈的炮火招呼他们。

反复数次,让德军"打也不是,不打也不是",终于使之迷惑和疲惫。关键时刻的信号弹更使德军不知所措。这时候,苏军的真人步兵发起了猛烈的冲击。趁德军不备,一举占领了他们的阵地。苏军利用了反常的"炮步协战",终于获得了波列科普战役的胜利。

在遇到困难、解决问题时,要善于根据形势应变,以被动诱主动,从而为己创造条件做好准备,等对方疲乏、时机成熟时,一举出击,解决问题。

编后记

2011年2月间，台湾女生连恩美的一本《我，睡了，81个人的沙发》，荣登"2011台北国际书展大奖"，马英九亲授颁奖词。同年10月，南方出版社将此书引进大陆，受到年轻读者的热捧。

书中的主人公连恩美自小家境优越，功课优秀，一直因循着"25岁工作，28岁嫁人，30岁生孩子"的标准人生规划。就在她面临出国读研，还是找一份令人羡慕的理想工作选择时，她对既定的人生轨道开始迷茫，不知道自己真正想要的是什么，也意识到任何书本都无法给出她人生的答案。于是，连恩美选择睡在81个陌生人家的沙发，独自去欧洲游学14个月。一个世人眼中渺小、脆弱的女生，却以最接地气的方式迎接异域的风。"从踏进某个人家的那一刻起，这个城市对我而言就不再只是一个观光景点……我逐渐触摸到这个城市的节奏与温度。"最终，连恩美在别人的沙发上发现真实的自己，找到自己钟爱的事业。

连恩美的成长历程恰似当今莘莘学子的缩影，他们从小学、中学、大学一路走来，往往被"读书"裹挟着，成了接受知识的容器，无暇与未来"做事"相链接，临到诸如高考、大学毕业这样的关键节点就迷茫起来。庆幸的是，连恩美勇敢地做自己，如愿地找到了努力的方向。《我，睡了，81个人的沙发》作为个案，正如一座桥，沟通了"读书"与"做事"；而对应试教育环境下的当代青少年来说，此书获得了某种象征意义。这触发了我们的思索：可否让"做事"的意识前移，使"读书"与"做事"相伴成长呢？

世界上并没有两片相同的树叶，就每个独一无二的青少年而言，注重个性培养，发掘其独具的兴趣、爱好点，并从"读书"路径中伴生出我们所期待的"做事"的富矿。"少年心事当拿云。""少年强则国强。"青少年心存高远地去做关乎中华民族繁荣昌盛之事，这正是我们国家未来的希望所在。"中国青少年智慧阅读书系"便是基于励志、"做事"这样的初衷而策划的。

丛书采撷古今中外的政治家、军事家、说辩家、探险家、谍报家、推销大师在追寻梦想、成就伟业的过程中，在应对难于逾越的困境、挫折和坎坷时，以其卓越的谋略、智谋破解前路迷障，彰显大家本色和智慧炫彩的故事。有人说，智慧就像一把洒在汤里的盐，找不到摸不着，现在我们之所以聚焦世界历史进程中的风云人物，且定格于包含智慧内核的华彩故事，就是希望给青少年一个观察人类的宝贵智力遗产的制高点，品尝到生命中智慧盐的味道，触发并激励青少年立志于"做事"，勇于做有益于国家、民族，乃至于全人类的大事业，书写一个顶立于世间的大写的"人"。

这是一套励志成功的书，也是一套挫折教育的书。丛书中的时代精英在探索前行的路途中，不可或缺的是那一份家国的责任感，建功立业的雄心，百折不回的意志，滴水石穿的积累，一时的隐忍换得机遇的克制，参透人情、洞察世态的眼力……正如获得一个世界冠军需要上百种因素复合作用一样，成功的"做事"又何尝不是如此呢？

与此同时，我们也应当看到，作为智慧之光的谋略、智谋等，不是教训，也不是公式，更不是放之四海而皆准的真理，它只是给青少年"做事"提供了参考的范本和思考的空间。那些精妙的思维方式，对于打破陈旧、呆滞的思维定势，提升本身的"做事"资本，有着极为重要的意义。作为大有可为的青少年读者，既要珍惜这种人类共同的财富，也要学会健康地取用谋略。为此，在每一则故事，便特意附加"炼智"和"悟理"的板块。相信这样精心的设置能够引导青少年准确地领略故事的风采，把握谋略的精髓；从不同的角度悟得自己立身处世、搏击风雨、应变万千的准则。这不仅是一种鲜活的阅读体验，更是一次提升自我、丰富智慧的身心之旅。在品读谋略中，点亮智慧人生。